BIRGITTA WOLFGANG DREJER
DORRIT ELMQUIST

Dezembertage

aus dem Dänischen übertragen von Frauke Watson

Lifestyle by BUSSE SEEWALD

Vorwort

In manchen Jahren habe ich schon am ersten Adventssonntag Kerzen und Adventskranz parat. Doch es gibt Jahre, da zwackt mich das schlechte Gewissen darüber, dass ich mich wieder einmal vom Kalender habe überholen lassen oder dass es mir an der nötigen Voraussicht gefehlt hat, die Tradition – rechtzeitig – zu pflegen.

Doch ob ich nun pünktlich war oder nicht – an diesem ersten Sonntag im Advent halte ich jedes mal inne. Denn jedes Jahr aufs Neue stellt sich dann dieses besondere Gefühl bei mir ein: eine süße Vorfreude auf Duft und Geschmack der Adventszeit, bei der mir schon das Wasser im Mund zusammen läuft, auf gemütliche Zusammenkünfte mit Familie und guten Freunden, auf warme, weihnachtlich geschmückte Räume, auf Musik – und Licht. Dieses Licht, das unsere sonst so düstere Winterzeit plötzlich und auf magische Weise hell erstrahlen lässt, wenn überall die Kerzen angezündet werden und wenn der Schnee seine weiße Zauberdecke über uns breitet.

Dezembertage sind für mich eine wunderbare Mischung aus Festlichkeit und innerer Einkehr. Es gibt tausenderlei Möglichkeiten, dem Weihnachtsfest einen schönen Rahmen zu verleihen. Ich glaube nicht, dass es wichtig ist, ob Sie dabei über Mengen von Energie zu allerlei Aktivitäten verfügen oder sich lieber darauf verlassen, dass weniger mehr ist. Es ist in jedem Fall wert, den Dezember zu einem Monat zu machen, in der auf gemeinsam verbrachte Zeit besonderen Wert gelegt wird. Denn dies ist doch immer noch das beste Geschenk, das wir einander machen können.

Dieses Buch ist wie ein Adventskalender aufgebaut, mit einer kleinen Überraschung für jeden Tag. Traditionen, Ideen, Anekdoten, Rezepte und kleine Erzählungen sind dabei bunt durcheinander gewürfelt – Sie können alles auf einmal lesen oder jeden Tag ein wenig: ganz wie Sie wollen.

Viel Vergnügen dabei!

Dorrit Elmquist

1. Dezember
Eine stille Nacht

Diese Wohnung ist zugleich Zuhause und Arbeitsplatz für eine kreative Familie. Die ganze Etage unter den freigelegten Dachbalken ist den Aktivitäten der Erwachsenen gewidmet. Das bedeutet jedoch nicht, dass der sechsjährige Hector und die ein Jahr alte Alba dort keinen Zugang haben – ganz im Gegenteil. Sie finden es großartig, mit am Tisch zu sitzen und zu zeichnen, während die Eltern arbeiten. Auf einem Podest im Arbeitszimmer gibt es sogar eine Kuschelecke mit vielen Kissen, auf denen sich die Kinder tummeln können. Dort macht die kleine Alba oft ein Nickerchen.

Seit der Dachboden zum Atelier ausgebaut wurde, hat die Wohnung zwei Etagen. Alles wirkt hell und freundlich, denn Wände und Fußböden sind weiß gestrichen. Manche Wände sind mit weißen Profilbrettern verkleidet. Die hellen Wände und weiß gestrichenen Böden sind ein idealer Hintergrund für die Textilien, die sich alle in der Farbskala von hellem Flieder bis zu dunklem Bordeauxrot bewegen.

Die Familie mag es zwanglos – mit großen, bequemen Sofas mit hellem Überwurf und vielen Kissen. Der Stil ist sehr kinderfreundlich, denn Kissen und Sofabezüge kann man waschen. Übrigens haben viele der Möbel einen Sommer- und einen Winterbezug. Im Sommer werden die hellen Baumwollstoffe hervorgeholt und im Winter vergräbt man sich in dunklem, weichem Samt.

VENEDIG

Die Familie hat einen Weihnachtsbaum in jedem Stockwerk. Dies ist der Atelierbaum. Er ist mit bunten Glaskugeln geschmückt, die u. a. aus Russland und aus London stammen, sowie ein paar dänischen Ornamenten und antiken Kristallprismen. Jedes Jahr basteln Mutter und Sohn ein paar neue Dekorationen – dieses Jahr sind es Weihnachtsgänse aus Papier.

Ein kleines Stillleben aus Tannenzapfen, Tannennadeln und einer Rose. Die Zapfen wurden rund um ein Glas zusammengeklebt, das der Rose als Vase dient.

Adventskranz aus Lärchenzweigen

So ein Kranz ist sehr leicht zu machen – und wenn genug Platz ist, kann man ihn jahrelang aufbewahren.

verzinkter Eisendraht, 1,5 mm stark
Blumendraht
Lärchenzweige
12 Klemmhalter
12 Kerzen
Juteschnur oder anderes Garn aus Naturmaterialien

Einen Kranz von etwa 70 cm Durchmesser aus zwei Lagen Eisendraht formen. Die Enden etwas überlappen lassen und mit Blumendraht fixieren. Nun die Lärchenzweige um den Draht winden und mit Blumendraht fixieren. Zu weit herausstehende Zweige abschneiden. Kerzen in die Halter stecken und diese in Dreiergruppen auf dem Kranz fest klemmen. Für die Hängevorrichtung die Juteschnur doppelt nehmen und die Enden jeweils zwischen den Kerzengruppen befestigen. Die Mitte zur Schlaufe knoten und an einem Haken an der Decke aufhängen. Man kann statt der Kerzen auch eine elektrische Lichterkette um den Kranz winden.

Gänse mit Glitter

Die Papiergänse mit den Pailettenaugen sind schön als Christbaumschmuck oder auch als Paketanhänger.

Aquarellkarton
schmales Dekoband zum Aufhängen
Goldpailletten
Glitzerklebstoff
Klebstoff

Eine Gänseschablone aus Karton zeichnen und ausschneiden. Die Konturen auf dem Aquarellkarton nachzeichnen, die Gänse ausschneiden und für die Augen beidseitig eine Pailette aufkleben. Schnabel, Schwanz und Füße beidseitig mit Glitzerklebstoff nachzeichnen. Als Aufhänger Dekobandschleifen um den Hals knoten.

In der Adventszeit werden ganze Arme voll Rosen in den Lieblingsfarben Flieder, Bordeauxrot und Lila überall im Haus verteilt.

Backpflaumen in Madeira

200 g Backpflaumen, entsteint
200 ml Madeirawein
200 g gute dunkle Schokolade

Die Pflaumen mit dem Madeira bedecken und etwa 1 Woche in den Kühlschrank stellen. Dann abgießen und abtropfen lassen. Schokolade im Wasserbad schmelzen, die Pflaumen hinein tauchen und auf Backpapier legen und zum Abkühlen in den Kühlschrank stellen. Sie eignen sich prima als kleines Adventsgeschenk, in Seidenpapier in einer hübschen Dose verpackt.

Jedes Kind hat einen eigenen kleinen Weihnachtsbaum, der nur einen halben Meter hoch ist. Er wird mit einer Lichterkette und selbst gebasteltem Schmuck geputzt. In Albas Baum hängt eine süße Girlande aus Papierherzen, die Mama und Hector zusammen gebastelt haben: Dafür Herzen aus doppelt gelegtem Aquarellpapier ausschneiden und bunt anmalen. Dann im Abstand von ca. 3 cm je 2 Herzen aufeinander kleben und starkes Nähgarn dazwischen laufen lassen. Man kann die Herzen auch mit der Nähmaschine zusammennähen: einfach quer über jedes Herz steppen und dazwischen jeweils 3 cm Faden frei stehen lassen.

Alba packt Geschenke aus. Das Sofa trägt den Winterbezug aus fliederfarbenem Möbelsamt – ein loser, nur leicht in Form genähter Überwurf. Der Puff im Vordergrund ist mit exklusiver Meterware aus braungemustertem Struktursamt bezogen und die Kissenbezüge im Hintergrund bestehen aus Samt oder Seide in verschiedenen Mustern und Farben.

KUNST & ARCHITEKTUR
VENEDIG
VENEDIG

Apfelmuffins mit Zimt

Ergibt 6 große Muffins

125 g Butter
150 g Zucker
2 Eier
150 ml Milch
350 g Mehl
1½ Tl Backpulver
1 Msp Salz
2 Tl Vanillezucker
2 Äpfel
nach Geschmack 100 g Vollmilchschokolade

Zimtfüllung
60 g Butter
150 g Mehl
50 g Zucker
2 El Zimt

Die Butter zerlassen und abkühlen lassen. Erst Zucker und Eier, dann die Milch zufügen und gut rühren. Mehl, Backpulver, Vanillezucker und Salz in einer Schüssel gut mischen und mit der Eimischung vermengen. Muffinformen einfetten und zur Hälfte mit dem Teig füllen.

Zimtfüllung: Butter schmelzen und Mehl, Zucker und Zimt hineingeben, gut mischen. Einen Teil der Füllung auf die Muffinförmchen verteilen. Die Äpfel schälen und in kleine Stücke schneiden. Ein paar Apfelstücke in jeden Muffin drücken und den Rest der Zimtfüllung darauf verteilen. Die Muffins bei 175°C etwa 25–30 Minuten backen. Wer will, kann etwas Vollmilchschokolade über die heißen Muffins raspeln, das sorgt für einen dekorativen – und leckeren – Schmelzeffekt oder den Muffins vor dem Servieren eine dekorative Schleife umbinden.

Sandwich mit Entenbrust

Ergibt 2 Portionen

2 Hand voll gemischten Salat, z. B. Rauke oder Radicchio
1 Entenbrust
Blauschimmelcreme (Rezept s. u.)
Eingelegte Nüsse (Rezept Seite 162)
1 rote Zwiebel, in Ringen
2 Focacciabrote
Salz und Pfeffer

Salat putzen, waschen und abtropfen lassen. Salzen und pfeffern. Die Entenbrust auf der Hautseite mehrmals leicht einschneiden. Mit der Hautseite nach unten zuerst in eine heiße Pfanne legen und von beiden Seiten scharf anbraten. Mit Salz und Pfeffer würzen und noch 7–10 Minuten im 200°C heißen Ofen backen. 15 Minuten stehen lassen, damit sich der Bratensaft besser verteilt, dann in dünne Scheiben schneiden.

Die Focacciabrote aufschneiden, mit der Blauschimmelcreme bestreichen und den Salat darauf anrichten. Mit dem Fleisch belegen und eingelegte Nüsse und Zwiebelringe darüber verteilen. Statt der Entenbrust kann man auch Lachsschinken in dünnen Scheiben verwenden. Das Sandwich ist ideal als leichtes und leckeres Weihnachtsfrühstück.

Blauschimmelcreme

100 g milder Blauschimmelkäse
100 ml Sahne
60 g getrocknete Preiselbeeren
Salz und Pfeffer

Alle Zutaten im Mixer zu einer cremigen Paste verarbeiten. Mit Salz und Pfeffer abschmecken.

Die Weihnachtszeit ist der winterliche Höhepunkt im Leben dieser Familie – erstens haben die Eltern am 22. Dezember Hochzeitstag, und zweitens ist dies ohnehin eine Zeit, in der sich alle völlig aufeinander konzentrieren. Während der Dezember für viele Menschen eine Phase besonderer Geselligkeit ist, verhält es sich hier beinahe umgekehrt. Die Familie nimmt an wenigen weihnachtlichen Veranstaltungen teil, und die Verwandtschaft hat schon lange akzeptiert, dass das „eigentliche" Weihnachtsfest ausschließlich der Kernfamilie vorbehalten ist, wenn dieser nicht nach Gesellschaft zumute ist. Es werden keine Versprechungen gemacht. Weihnachten ist daher die Zeit, in der Hector und Alba die Eltern ganz für sich allein haben. Man sitzt in trauter Stille vor dem Kamin oder hört ein wenig gute Musik und genießt die Köstlichkeiten, die Mutter und Hector für das Fest zubereitet haben. Man zieht sich nicht extra fein an, sondern entspannt sich im Pyjama – außer für das Weihnachtsessen, für das man sich dann doch an die festlich geschmückte Tafel setzt. Es ist einfach eine besondere Freude, an diesem Tag zusammen zu kochen und zu genießen. Denn Weihnachten im Hausanzug bedeutet nicht etwa, dass man sich für die Vorbereitungen und den Festschmuck keine Mühe gegeben hat. Das ganze Heim erglänzt in einer Kombination aus traditionellem Schmuck und Rosen, die überall in der winterlichen Dunkelheit ihren frischen und fröhlichen Duft verbreiten. Das ganze Haus bildet dabei eine in sich geschlossene Einheit, denn Festschmuck und Rosen bewegen sich in derselben Farbpalette von Fliederfarben, Lila und Bordeauxrot wie auch die Textilien des Hauses.

Selbstverständlich wird zu Weihnachten das Familiensilber hervorgeholt. Es besteht aus drei verschiedenen, seit Generationen weitervererbten Mustern. Diese ganze Herrlichkeit wird nun bunt gemischt verwendet. Auf dem Weihnachtstisch rechts sieht man keine Bestecke, denn diese liegen als Bestandteil der Gesamtdekoration auf einem Samttuch am Ende der Tafel.

Am Weihnachtstag ist die Festtafel schlicht, aber effektvoll in Tiefrot und Weiß gedeckt. Von den Samtbändern und frischen Rosen abgesehen besteht der einzige Schmuck aus lose verstreuten kandierten Rosenblättern. Diese kann man leicht selbst machen, indem man frische Rosenblätter zuerst in leicht verquirltes Eiweiß, dann in Zucker taucht und sie dann auf einem mit Backpapier ausgelegtem Kuchenrost trocknen lässt.

Salat mit Pflaumenkompott und gebackener Rote Bete

Ergibt 4 Portionen

4 große Hände voll gemischtem Salat, z. B. Kopfsalat, Rauke, Feldsalat, Lollo Rosso, Endivien oder Radicchio
gebackene Rote Bete
Pflaumenkompott
1 kleine Hand voll Walnüsse, gehackt
2 kleine Schalotten, gehackt
50 ml Balsamicoessig
200 ml Walnussöl
Salz und Pfeffer

Den Salat mit Rote Bete, Pflaumenkompott, gehackten Walnüssen und gehackten Schalotten anrichten. Aus Balsamicoessig und Walnussöl ein Dressing zubereiten und mit Salz und Pfeffer abschmecken. Das Dressing nach Geschmack verwenden – haben Sie zuviel davon zubereitet, hält es sich in einem luftdichten Behälter im Kühlschrank eine ganze Weile. Mit einem guten Brot servieren.

Gebackene Rote Bete

Ergibt 4–5 Portionen

400 g Rote Bete
2 El Öl
2 Thymianzweige
Salz und Pfeffer

Die rote Bete schälen, in einen Bräter legen und Öl, Thymian, Salz und Pfeffer dazugeben. Bei 200 °C 20–30 Minuten backen.

Pflaumenkompott

500 g reife Pflaumen
300 g Zucker
300 ml Wasser
150 ml roter Portwein
1 Stange Vanille
Schale von 1 Zitrone

Ein paar große Weckgläser 2–5 Minuten in einem großen Topf mit kochendem Wasser sterilisieren. Es ist wichtig, dass sie keimfrei sind, da man dann keine Konservierungsmittel benötigt. Die Pflaumen waschen und entsteinen. Zucker, Wasser, Portwein, Vanille und Zitronenschale in einen Topf geben und 1 Minute aufkochen. Die Pflaumen zugeben und weitere 5 Minuten kochen lassen. Pflaumen und Saft auf die Weckgläser füllen. Die Gläser kühl lagern. Sie halten sich ungeöffnet etwa einen Monat lang.

RIS
ris

2. Dezember

Adventsbesuch

Im Dezember finden viele gemeinsame Aktivitäten statt – Adventskaffee, Weihnachtsbäckerei, Tannenbaum schlagen und andere Traditionen, die vielleicht schon lange in der Familie bestehen oder die wir selbst begonnen haben. Da kann es schnell passieren, dass der Advent zu einer ununterbrochenen Kette von Verpflichtungen wird, bei denen uns die Lust auf Gesellschaft allmählich vergeht.

Zwar gehört Geselligkeit irgendwie zum Dezember, doch vielleicht sollten wir uns dabei lieber auf kleinere Besuche beschränken, bei denen wir uns voll einander widmen, anstatt uns an allzu vielen Veranstaltungen aufzureiben.

Stellen Sie eine Kristallkaraffe mit Portwein, Gläsern, Kerzen und kleinen Schälchen mit gekauften oder selbst gemachten Leckereien auf ein schönes Tablett – das ist nicht nur sehr dekorativ, sondern Sie haben dann auch stets etwas anzubieten, wenn überraschend Besuch vorbei kommt. Besonders schön machen sich Kristallgläser auf einem Silbertablett.

Portwein wird heute oft als altmodisch betrachtet, als etwas, das der Generation unserer Eltern und Großeltern angehört. Doch es ist wirklich ein fantastisches Getränk, das es zudem in vielen Geschmacksrichtungen gibt. Es lohnt sich eine Probe beim Weinhändler, um Ihre Lieblingssorte zu finden.

Feigen in Portwein und Schokolade

Portwein ist eine ideale Konfektzutat – und dazu schmeckt dann ein Gläschen Portwein noch mal so gut!

200 g getrocknete Feigen
200 ml Portwein
200 g gute Zartbitterschokolade

Die Feigen halbieren, in eine Schüssel geben und mit Portwein aufgießen, bis sie ganz bedeckt sind. Zugedeckt über Nacht in den Kühlschrank stellen. Die Schokolade im Wasserbad schmelzen. Die Feigen abgießen und abtropfen lassen, dann nach Geschmack halb in die Schokolade tauchen oder völlig damit überziehen. Vor dem Servieren kalt stellen.

Schokoladenganache und Feigen in Portwein und Schokolade halten sich etwa eine Woche im Kühlschrank frisch.

Der kräftige Schokoladengeschmack passt wunderbar zu dem oft recht süßen Portwein.

200 g gute Zartbitterschokolade
120 ml Schlagsahne
120 g Butter
Kakaopulver

Die Schokolade sehr fein hacken. Die Sahne aufkochen, zu der Schokolade geben und zu einer glatten Masse verrühren. Butter glatt rühren und gut mit der Schokoladenmasse vermischen. In den Kühlschrank stellen, bis sich die Masse zu Kugeln formen lässt. Die Kugeln in dem Kakaopulver wenden und bis zum Servieren in den Kühlschrank stellen.

3. Dezember
Der Adventskranz

Der Advent ist die Zeit des Lichts. Der Kerzenschein symbolisiert die Weihnachtsnacht, die Nacht der Liebe, in der Gott Himmel und Erde in Christus vereinigte.

Die Liebe beginnt wie das erste Licht, das im Adventskranz entzündet wird – mit der Verliebtheit, der aufflackernden roten Flamme gleich, unsicher und ungestüm, die aus der Begegnung zwischen Zündholz und Docht entsteht. Eine Verliebtheit, wild, heftig, verlangend – und verzehrend in all ihrer Feurigkeit.
Die erste Kerze bedeutet Verliebtheit.

Das zweite Licht im Adventskranz ist die Brücke. Die Brücke, die im ersten Licht der Verliebtheit bereits vorhanden war – doch nun erst merkt man, wie sie schwankt. Sie schwankt, weil man erst jetzt beginnt, den anderen wirklich zu SEHEN, nicht mehr in blinder Verliebtheit, sondern so, wie der andere wirklich IST: ein Mensch von Fleisch und Blut, mit denselben Fehlern und Schwächen wie wir alle.

Eine Brücke, die schwankt und uns unsicher macht, weil die Vollkommenheit der Verliebtheit etwas anderem Platz zu machen beginnt, das man noch nicht erkennen kann …
Die zweite Kerze ist die Brücke.

Das dritte Licht ist die Liebe. Eine Liebe wie das stille Blau der Kerzenflamme, wenn der Docht Feuer gefangen und die Flamme sich beruhigt hat. Eine Liebe, die liebt – nicht trotz der Fehler und Schwächen, sondern gerade wegen. Denn wir lieben nicht das Vollkommene, sondern das, was uns schief macht, was an unserem Lack kratzt. Die Hand, die zittert, wenn es drauf ankommt, oder die Unsicherheit, die plötzlich, eine Sekunde lang, die Augen verdunkelt. Denn Schönheit wirkt platt und eindimensional, wenn sie perfekt ist, doch tief und nuancenreich, wo sie auf die Unvollkommenheit trifft: auf den schiefen Mund, die etwas zu lange Nase oder die großen Füße.

Eine Liebe, umfassend, verheißend und bewahrend, die sich wie ein Schutzschild um den Geliebten legt.
Die dritte Kerze ist der Schild.

Das vierte Licht ist das, durch das wir gemeinsam gegangen sind und das, was wir immer noch nur erahnen können. Es ist die Weisheit, das Resultat all jener Momente, in denen man erkannte, dass die Liebe nicht nur oben auf dem Gipfel im lauen Wind zu finden ist – sondern auch dann, wenn der Wind bläst und man hinabstürzt und am Fuße des Berges zerschellt. Denn die Liebe nährt sich nicht nur vom Licht und lauer Sommerluft, sondern auch vom Schmerz, vom Missgeschick und von Schwere. Denn ihre Intensität zeigt sich dann, wenn man durch einen kilometerlangen dunklen Tunnel gefahren ist und dann feststellt, dass das Gras auf der anderen Seite etwas grüner und der Himmel etwas blauer ist. Es ist die weise Erkenntnis der Liebe, dass das Glück nicht in einem Leben ohne Dornen zu finden ist, sondern im Durchkämpfen von Hindernissen, von Konflikten und Widerstand. Denn Hoffnung und Glaube leuchtet uns durch finstere Zeiten und lässt die Liebe erstarken.

Daher ist die vierte Kerze die Weisheit, die uns mitteilt, dass die Liebe nicht nur das ist, was hinter uns liegt und wonach wir oft das ganze Leben lang suchen, um es zu finden und festzuhalten. Sie ist all das, was noch nicht geschehen ist, was noch vor uns liegt und uns erwartet.

Denn wie der Advent nur ein Vorgeschmack auf Weihnachten ist, so ist die Verliebtheit nur ein Vorgeschmack auf die Liebe, die durch all das, was wir in unserem Leben gemeinsam durchmachen, wächst und Gestalt annimmt.

Verliebtheit und Brücke, Schild und Weisheit sind die vier Kerzen auf dem Adventskranz der Liebe. Ein Kranz, der am Schönsten ist, wenn man sehen kann, dass wir selbst uns an ihm abgemüht, uns an ihm die Hände blutig gestochen haben – und er am Ende all in seiner Unvollkommenheit da steht, nach all unserer Hände Arbeit und all unserer Sehnsucht und all unseren Träumen.

PASTORIN KRISTINE STRICKER HESTBECH

4. Dezember
Winterblumen

Frische Blumen verbreiten Energie und sorgen für eine schöne Stimmung in der Wohnung. Der meistgebrauchte Zimmerschmuck im Winter sind immergrüne Pflanzen, doch lebendiger wirkt es, wenn Sie stattdessen Topfpflanzen und Schnittblumen verwenden.

Es gibt regelrechte „Weihnachtsblumen“ wie z. B. Christrosen, Hyazinthen, Begonien und Alpenveilchen. Doch Sie können auch anderen Pflanzen, die es das ganze Jahr über zu kaufen gibt, eine weihnachtliche Stimmung verleihen, indem Sie ein wenig Leinen oder Jutestoff um die Pflanztöpfe winden und mit einem hübschen Geschenkband befestigen. Das ist eine schnelle und einfache Methode, um etwas Adventsstimmung ins Haus zu bringen.

Schmücken Sie den Adventskranz einmal nach französischem Vorbild mit üppigen Mengen von frischen Blüten und frischem Grün. Man muss die Blüten natürlich im Laufe des Dezembers regelmäßig auswechseln, damit der Kranz frisch und strahlend bleibt. Dabei kann man die Sorte variieren und jeden Adventssonntag neue Farben verwenden – nehmen Sie z. B. zuerst Hyazinthen, dann Christrosen, dann weißer Weihnachtsstern und zuletzt dunkelrote Rosen. Verwenden Sie Stecksubstrat als Untergrund, damit die Blumen immer ausreichend Wasser haben.

Christrose, Schneeglöckchen, Märzenbecher, Schneerose, Lenzrose, weihnachtsroter helleborus niger, Christrose, Schneeglöckchen, Märzenbecher, Schneerose, Lenzrose, weihnachtsroter helleborus niger,

Rosen sind das christliche Symbol für Jesus Christus. Diese Symbolik findet man in vielen Psalmen sowie in Gemälden mit christlicher Thematik wieder.

Wenn Ihnen traditioneller Weihnachtsschmuck nicht so liegt, ist üppiger Rosenschmuck eine gute Alternative, um die Festivitäten des Dezembers damit zu verschönern. Die Rosen mit ihrer uralten Symbolik passen ausgezeichnet in einen moderne Umgebung. Machen Sie z. B. ein Stillleben aus einzelnen Rosen mit vielen brennenden Kerzen. Oder verstreuen Sie massenweise frische Rosen als Tischdekoration auf der Festtafel. Durch die Kombination mit Lärchenzweigen, Moos oder anderen Grünpflanzen bekommt Ihre Winterdekoration Tiefe und Atmosphäre.

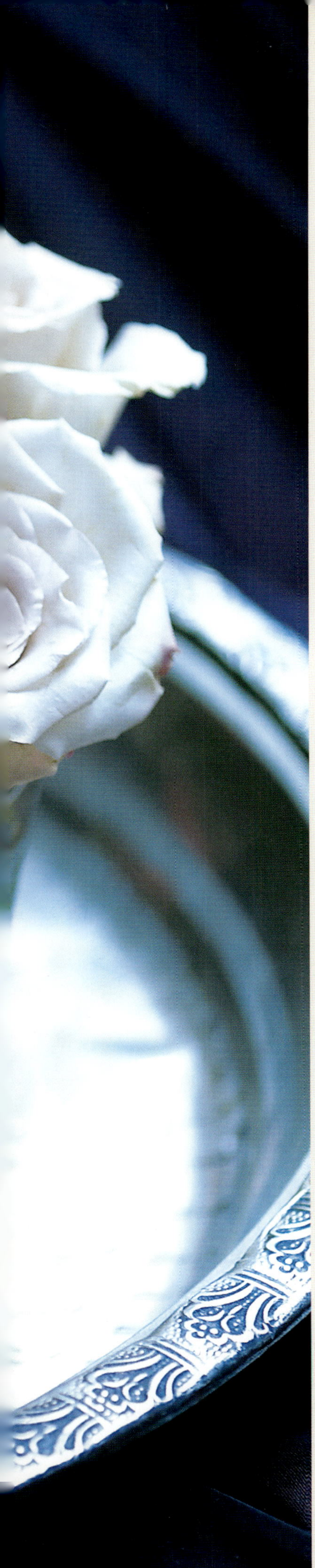

Ein guter Honig bringt einen Hauch von Sommer und Blütenduft in die kalten Wintermonate. Heiße Milch mit Honig, ein großer Löffel voll Honig in einer heißen Tasse Tee oder frisch gebackenes Brot mit Honig hat diese gewisse würzige Süße, die uns an mildere Zeiten erinnert. Honig ist die ideale Substanz, um damit die Wintermonate zu versüßen, denn er hat viele Vitamine.

Rosenmarzipan

200 g Mandeln
3½ El Honig
2 El Rosenwasser
nach Geschmack etwas Zimt

Rosenwasser gibt es in der Apotheke oder im Bioladen zu kaufen.

Die Mandeln im Mixer oder per Hand zerkleinern, dann im Mörser fein zerstoßen. Mit dem Honig eine Schale geben und im Wasserbad erwärmen, bis der Honig flüssig wird. Aus dem Wasserbad nehmen, das Rosenwasser zugeben und gut verrühren. Nach Geschmack mit Zimt würzen. Die Marzipanmasse zugedeckt einen Tag bei Zimmertemperatur stehen lassen.

Das Rosenmarzipan kann man anschließend zu Konfekt verarbeiten – es passt gut zu getrockneten Früchten und weißer Schokolade. Sehr lecker schmeckt es auch einfach in Scheiben geschnitten zu einer Tasse Tee oder einem Glas Glühwein.

5. Dezember
Schnee

Für viele Menschen sind erst weiße Weihnachten richtige Weihnachten. So hätten wir es im Dezember am liebsten. Seit Ende des 19. Jahrhunderts besingt man die weiße Weihnacht in Literatur, Liedern und Gedichten und verwendet weiß verschneite Landschaften als Postkartenmotive. So sieht der Weihnachtsmonat unserer Träume aus.

Doch heutzutage erleben wir selten weiße Weihnachten – aber wenn sie dann doch einmal da sind, lassen wir alles stehen und liegen und gehen hinaus in den Schnee. Dick verschneite Fichten, weiß bedeckte Felder, zugefrorene Seen, Eiszapfen und Schneekristalle sind allesamt fantastische Erlebnisse in einer abenteuerlichen Winterwelt.

Es ist schön, im Schnee aktiv zu sein. Die Kinder auf dem Schlitten hinter sich herzuziehen, Schlittschuhschnörkel aufs Eis zu zeichnen, Schneelaternen zu bauen und einen winterlichen Grillabend im Schnee zu veranstalten und sich daran zu freuen, wie die Kälte einem in die Wangen zwickt – sich einfach quicklebendig zu fühlen. Das ist das Winterleben.

Der Schnee sorgt in einer sonst so dunklen Jahreszeit für ein ganz besonderes Lichterlebnis, wenn seine kühle, blauweiße Farbe die Landschaft aufleuchten lässt. Die stillen Momente, in denen man einfach nur die fallenden Schneeflocken betrachtet oder die Eisblumen am Fenster studiert, üben eine geradezu meditative Wirkung aus.

Wintercocktail

2 Teile Absolut Vanilla Vodka
2 Teile Calvados
2 Spritzer Zimtsirup

Die Zutaten in einem mit Eis gefüllten Cocktailshaker gut schütteln und in ein eiskaltes Cocktailglas abseihen (das Glas vorher eine Weile in den Gefrierschrank stellen). Mit einer Vanillestange und einem Stück roter Apfelschale garnieren.

6. Dezember
Das Krippenspiel

Am Weihnachtsfest im Jahre 1223 wurde in einer kleinen Felshöhle im Norden Roms ein Gottesdienst abgehalten. Die Höhle war so eingerichtet wie jener Stall in Bethlehem, in dem das Jesuskind geboren wurde. Es war Franz von Assisi, der für die Menschen der Umgebung die biblische Erzählung von Jesu Geburt in lebenden Bildern inszeniert hatte. Man kann sich lebhaft vorstellen, wie dieses Krippenspiel, das von den schönsten Augenblicken in der Geschichte des Christentums handelte, die Menschen damals verzaubert haben muss.

Im Laufe der Zeit wurden Krippenspiele immer beliebter und aufwändiger, und so gab es bald Vorstellungen in der ganzen Spannbreite von schlicht und einfach bis hin zu pompösen, üppig inszenierten Veranstaltungen. In vielen katholischen Kirchen führen die Kinder in Verbindung mit der Weihnachtsmesse noch heute Krippenspiele auf. Diese Tradition wurde inzwischen auch von einigen protestantischen Kirchen übernommen.

Die Weihnachtskrippe ist wie ein kleines Weihnachtsspiel – ohne Theater – und besonders bei Kindern sehr beliebt. Die meisten von ihnen kennen bald die Weihnachtsgeschichte und jede einzelne kleine Figur, und so macht es alle Jahre wieder großen Spaß, alles aufzubauen und damit zu spielen. Man kann so eine Krippe entweder antik oder neu kaufen – oder ein, zwei Dezembertage dafür nutzen, die Krippe mit den dazu gehörenden Figuren selbst zu basteln.
Die traditionelle Weihnachtskrippe besteht aus einem kleinen Halbdach, das den Stall in Bethlehem repräsentiert. Die Grundfiguren sind Maria, Josef und das Jesuskind, Ochs und Esel, ein paar Lämmer in Hirten und die drei Weisen aus dem Morgenlande mit ihren Opfergaben. Man kann an so einer Krippe jedes Jahr weiter bauen, indem man ihr immer neue Figuren und Symbole hinzufügt.

7. Dezember
In aller Schlichtheit

Auch, wenn man schlicht und modern eingerichtet ist, kann die Wohnung die allerschönste Weihnachtsstimmung ausstrahlen. Und das ist in dem alten Kaufmannshaus, in dem Jette und Kim mit ihren vier Söhnen André, Arthur, Absalon und August wohnen, wirklich der Fall.

Das Haus ist groß, doch es müssen darin sowohl Wohnung als auch Arbeitsplatz des Paares Platz haben. Kims Maleratelier ist im Parterre und die Familie wohnt im ersten Stock, in dem sich ebenfalls Jettes Arbeitsplatz befindet.

Jette ist Designerin. Im Augenblick jedoch kocht sie auf relativ kleiner Flamme und nimmt nur wenige Aufträge an – sie widmet ihre Zeit hauptsächlich ihren vier Jungen. Sie und die Söhne – und deren Freunde – spielen sehr gerne im Wald, der direkt an das Haus angrenzt. Hier holen sie auch jedes Jahr einen Großteil des Weihnachtsschmuckes.

Die Familie lebt schon seit 15 Jahren in dem gemütlichen alten Haus. Ganz zu Anfang wurde das ganze Anwesen von Grund auf renoviert und im Laufe der Zeit mit Möbeln im modernen Stil und sonst sehr wenig Schnickschnack eingerichtet.

Jette liebt Collagen und hat dafür eine ganz eigene Form entwickelt, der zu ihrem gedämpften Stil passt. Aus den Collagen werden z. B. als Einladungen, Tischarten, Briefpapier und Weihnachtskarten gebastelt. Die Materialien dafür liegen in einer Art kreativer, griffbereiter Unordnung überall auf dem Arbeitstisch herum.

Weihnachtskarten mit persönlicher Note

schwarzweiße Familienfotos
weißer Karton
Klebestift
Silber- oder Goldkarton für die Kronen
schwarzer Filzstift

Das gewählte Foto wie gewünscht zurecht schneiden und auf weißen Karton kleben. Sollen mehrere Karten verschickt werden, kann man davon im Copyshop Fotokopien anfertigen lassen. Aus dem Silber- bzw. Goldkarton kleine Kronen zurecht schneiden und jeweils auf die Köpfe der Personen aufkleben. Die Namen mit dem Filzstift auf die Kronen schreiben. Dann die Weihnachtsgrüße quer über das Foto schreiben.

Schwarzweiße Fotos, Zeitungs- oder Zeitschriftenausschnitte sind ideal für Weihnachtskarten, denn man kann den Text quer über das Bild schreiben. Das gibt den Karten eine zwanglose Prägung und selbst ein kurzer Gruß wirkt nicht verloren.

Jette hat den Adventskranz über dem Schreibtisch selbst gebunden. Auf einen riesigen Strohrohling kam zunächst eine Schicht Lebensbaum (Thuja). Dieser wurde büschelweise mit Blumendraht auf dem Rohling befestigt. Zum Schluss wickelte Jette ein paar Trauerbirkenzweige locker um den Kranz, sodass das Ganze etwas wild und zerzaust wirkt. Dieses Jahr ist die Weihnachtsfarbe Braun, daher trägt der Kranz braune Kerzen und ist an braunen Samtbändern aufgehängt.

Arthur

Ein Samtherz mit Tischkarte liegt auf jedem Gedeck der Festtafel. Die Herzen, die Jette selbst genäht hat, darf der Gast behalten. Sie hat daran auch eine kleine Schlaufe angebracht, damit man sie später aufhängen kann.

Dicht an dicht hängen die silberfarbenen Weihnachtskugeln über dem Esstisch und wirken wie eine frei im Raum schwebende Skulptur. Sie bleiben dort als strahlender Blickfang bis zum Neujahrsfest hängen.

Tischkarten aus Samt

Samt
Watte
Ripsband
Silber- oder Goldkarton

Eine Herzschablone aus Papier fertigen. Den Samt doppelt legen, das Papierherz darauf feststecken und ausschneiden, dabei 7,5 mm Nahtzugabe stehen lassen. Die Samtteile rechts auf rechts legen und rundherum fest steppen, an einer Seite eine 5 cm breite Öffnung lassen. An den Rundungen bis an die Naht heran kleine Keile in die Nahtzugabe schneiden. Die Nahtzugabe auseinander bügeln und das Herz durch die Öffnung wenden. Mit Watte ausstopfen und die Öffnung per Hand zusammen nähen. Eine Krone aus Karton schneiden und beschriften. Rund um das Herz eine Schleife aus Ripsband binden.

Es hat etwas Mittelalterliches an sich, mitten auf dem Hof ein Feuer anzuzünden und Stockbrot über der Glut zu backen – und die Jungs lieben das besonders in der kalten Jahreszeit. Auf dem Hof befindet sich nämlich eine fest stehende Feuerschale. Da ist es ein Leichtes, schnell ein paar Holzscheite aufzulegen und sich mitten in der Winterkälte an einem warm lodernden Feuer zu erfreuen.

Stockbrot

25 g Hefe
500 ml handwarmes Wasser
1½ Tl Salz
700–750 g Mehl

Hefe in dem Wasser auflösen, Salz zugeben. Unter ständigem Rühren nach und nach das Mehl zugeben, bis der Teig glatt und geschmeidig ist. Eine Stunde zugedeckt warm stellen. Dann um Stöcke wickeln und auf offenem Feuer backen.

Die Familie verwendet dafür Buchenäste aus dem Garten, von der die Jungen zuvor mit dem Taschenmesser die Rinde abgeschabt haben. Dann wird der Teig zu kleinen Würsten geformt (sonst wird das Brot nicht gar) und um das Stockende gewickelt.

Wenn gerade kein Messer zur Hand ist, kann man das Stockende auch mit Alufolie umwickeln – dadurch bekommt man das fertige Brot übrigens auch leichter vom Stock herunter!

Die Natur spielt für Jette bei der Adventsdekoration eine wichtige Rolle. In fast jedem Arrangement findet man ein paar kahle Winterzweige, und überhaupt ist das Ganze sehr schlicht gehalten. Es ist schon eine feste Tradition, dass die gesamte Familie am ersten Adventssonntag in den Wald geht und dort allerlei Dinge für den Weihnachtsschmuck sammelt. Jedes Jahr bringt der Großvater einen Ast von dem Birnbaum in seinem Garten. Dieser hübsche, knorrige Ast wird mit den alten herzförmigen Silberrasseln der Jungs geschmückt. Obwohl die Familie vier Kinder – und damit vier Rasseln – hat, muss die Dekoration doch noch durch ein paar silberne Glasherzen ergänzt werden. Der Birnenast steht den gesamten Weihnachtsmonat über drinnen in einem alten Olivenkrug. Diesen hat Jette von dem Gärtner geschenkt bekommen, der beim Anlegen des Gartens geholfen hatte.

Jette wählt jedes Jahr eine einzige Farbe für die Weihnachtsdekoration aus, die dann konsequent durchgehalten wird. Diesmal ist ein schöner schokoladenbrauner Farbton an der Reihe. Er passt sehr gut zu dem Silberschmuck, der jedes Jahr aufs Neue hervorgeholt wird. Es gab auch schon einmal hellblaue oder weiße Weihnachten. Die Weihnachtsfarbe des Jahres wird für einfach alles verwendet, z. B. für das Geschenkband, die Aufhänger für den Christbaumschmuck oder die Samtherzen-Tischkarten. Sogar die Kerzen im Adventskranz sind braun!

Die schöne blaugraue Farbe der Traube mit den getrockneten Beeren passt gut zu dem alten Regal und der dekorativen Zinkschale. Die Traube wurde so, wie sie ist, beim hiesigen Blumenhändler gekauft. Da Form und Farbe Jette so gut gefielen, wurde sie schnell zum Bestandteil der Weihnachtsdekoration. Sie passt wunderbar zu all dem anderen Adventsschmuck, der in der freien Natur gesammelt wurde.

Mit dem Geschenke einpacken gibt man sich viel Mühe. Alles ist in Silber und Braun gehalten und für Akzente sorgen schwarzweiße Ausschnitte aus internationalen Zeitschriften. Jette verwendet sie teils als Paketkarten, teils als Dekoration. Die fertig verpackten Weihnachtsgeschenke gehören hier bereits zum Adventsschmuck. Die Geschenkbänder und selbst die Kerzen auf dem Regal sind in Braun gehalten, denn das ist dieses Jahr die Weihnachtsfarbe!

Großvaters alter Kronleuchter hat inzwischen leider den Geist aufgegeben. Doch die Glasprismen machen sich wunderschön als Weihnachtsschmuck, denn sie spiegeln sowohl das kalte Winterlicht draußen als auch das warme Kerzenlicht drinnen wieder. Der bewusste Einsatz von Kontrasten – üppige Glaskristalle auf kahlen Winterzweigen und dunkelbraune Samtschleifen vor transparentem Glas – ist sehr effektvoll.

Kekstüten mit Schlagsahne

Die gefüllten Tüten stehen aufrecht und sicher, wenn man sie in eine mit Zucker gefüllte Schale stellt.

200 g Ei (etwa 3 ganze Eier)
200 g Zucker
200 g Mehl
250 ml Schlagsahne

Es ist wichtig, die Eier vorher abzuwiegen, da alle Zutaten genau dasselbe Gewicht haben müssen.

Eier und Zucker schaumig schlagen, dann das Mehl einrühren. Ein Backblech mit Backpapier auslegen darauf und mit einem Teller von ca. 9 cm Durchmessern als Schablone mit Butter Kreise zeichnen. Den Teig mit einem Palettenmesser dünn in den Butterkreisen ausstreichen, dann bei 180°C hellbraun backen. Die Plätzchen nacheinander vom Backpapier abheben und zu Spitztüten formen. Das muss schnell gehen, bevor die Plätzchen hart werden.

Die Tüten in einen großen Flaschenhals oder ein kleines Glas stellen, bis sie fest genug sind, um die Form zu behalten. Mit steif geschlagener Sahne und nach Geschmack einem Klecks Marmelade gefüllt servieren. Die Tüten schmecken auch gut, wenn man vor dem Schlagen ein paar Esslöffel sehr starken, kalten Kaffee und etwas Zucker in die Sahne gibt. Mit einer Kaffeebohne garnieren.

Die Gläser sind moderne Kopien von Gläsern am Hofe Christians IV, wo man etwas vom Trinken verstand. So können diese Gläser auf eine lange Tradition zurück blicken. Normalerweise stehen sie als Blickfang auf der Fensterbank. Man kann sie auch auf Jettes schöner Festtafel auf Seite 48 sehen. Die Riesenzapfen sind ein Souvenir aus Südeuropa.

Eines der Weihnachtspäckchen ziert das Bild eines winternassen Hundewelpen. Dies ist ausnahmsweise ein Farbfoto, aber mit so schwachen Kontrasten, dass man trotzdem gut darüber schreiben kann.

Vegetarisches Cassoulet

100 g große weiße Bohnen
2–3 l Wasser
2 El Butter
3–4 Thymianzweige
Salz und Pfeffer
½ Gemüsebrühwürfel
1 Zwiebel
2 Knoblauchzehen, gehackt
500 g Kartoffeln
½ Kopf Spitzkohl oder eine andere Kohlsorte
1 Bund großblättrige Petersilie, gehackt

Die Bohnen in der Hälfte des Wassers über Nacht in den Kühlschrank stellen. Am nächsten Tag abgießen und in dem restlichen Wasser zusammen mit 1 El Butter, Thymian, Salz und Pfeffer und nach Geschmack etwas Gemüsebrühe etwa 20 Minuten beinahe gar kochen. Kartoffeln schälen und in ca. 2 x 2 cm große Würfel schneiden, mit Zwiebeln und Knoblauch zu den Bohnen geben und alles zusammen kochen, bis die Kartoffeln und Bohnen gar sind. Wenn nötig, etwas Wasser zugeben. Den Kohl vom Strunk befreien und die Blätter grob hacken. Zu den Kartoffeln und Bohnen geben. Nochmals aufkochen lassen, die restliche Butter und die Petersilie zugeben. Mit Salz und Pfeffer abschmecken. Man kann dieses Gericht – dann ohne Petersilie – auch einen Tag zuvor zubereiten. Mit Petersilie garniert servieren.

Dieses vegetarische Cassoulet ist ein leckeres Winteressen. Zutaten sind leckere und gesunde Gemüsesorten der Saison, doch das Gericht ist weder fett noch schwer. Wenn die Familie zum Rodeln oder zum Christbaumschlagen ist, kann man das Gericht schon am Vortag machen und braucht es dann nur noch aufzuwärmen, wenn alle hungrig und müde nach Hause kommen.

Besonders leckeres Weihnachtskonfekt macht man am besten aus guter Schokolade. Sie sollte mindestens 50–70 % Kakaoanteile haben – je mehr Kakao, desto besser. Schokolade sollte man weder zu warm noch zu feucht aufbewahren, da sich dadurch Aussehen und Geschmack verändern. Schokolade zum Überziehen sollte man sehr langsam im Wasserbad erhitzen: bei zu hoher Temperatur wird sie grau und brüchig.

8. Dezember
Weihnachtsleckereien

Nüsse, Schokolade und Marzipan gehören zu Weihnachten einfach dazu. Es macht besonderen Spaß, in der eigenen Küche eine kleine Konfektmacherwerkstatt einzurichten, wo alle beim Formen, Überziehen und Verzieren mitmachen können. Getrocknete Früchte wie Aprikosen, Datteln, Feigen und Rosinen passen wunderbar zu Nüssen aller Art. Für die Erwachsenen wird das Backobst noch am Abend zuvor in Cognac, Portwein oder Rum eingelegt. Soll das Obst gehackt weiterverarbeitet werden, tun Sie dies besser vor dem Einlegen in Alkohol, sonst wird es später zu weich.

Servieren Sie das Weihnachtskonfekt mit einem Gläschen Portwein oder zum Kaffee – oder geben Sie es als kleines Extrabonbon zu den Dezember-Pausenbroten!

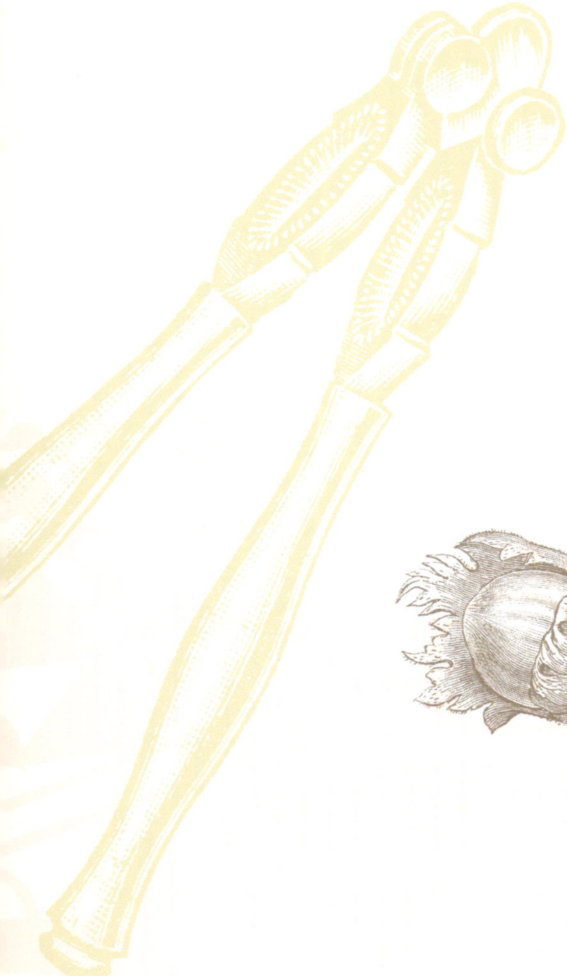

Machen Sie neben dem Weihnachtskonfekt ruhig auch ein paar größere Teile. Ein Riesen-Marzipanbrot ist schnell fertig und man hat tagelang etwas davon. Rollen Sie dafür das Marzipan zu einer Platte aus und belegen diese nach Geschmack mit Nougat, gehackten Nüssen und Backobst. Dann formen Sie alles zu einem Brot. Überziehen Sie das Ganze anschließend mit Schokolade und bestreuen es mit gehackten Nüssen. Das Marzipanbrot sollte kühl und zugedeckt gelagert werden. Legen Sie ein Messer daneben, sodass man sich schnell ein Stück abschneiden kann, wenn einen die Lust überkommt.

Weißes Schkokoladenkonfekt

200 g gemischtes Backobst und Nüsse,
z. B. Rosinen, Backpflaumen, Feigen,
Haselnüsse, Walnüsse, Pistazien,
Pecannüsse oder Kokosraspel
nach Geschmack 200 ml Rum
200 g weiße Schokolade

Backobst und Nüsse grob hacken. Ist das Konfekt für Erwachsene, einen Abend vorher in eine Schale geben und mit Rum bedecken. Zum Weiterverarbeiten abgießen und abtropfen lassen. Die Schokolade im Wasserbad schmelzen. Weiße Schokolade ist etwas unberechenbar und wird schnell zu heiß – es ist am besten, wenn sich zwischen Wasserbad und Topfboden etwa 10 cm Abstand befinden. Nehmen Sie einen großen Topf und eine große Schüssel – so wird die Schokolade eher durch den Wasserdampf als durch das kochende Wasser geschmolzen. Obst und Nüsse in die flüssige Schokolade geben und kleine Häufchen in Papierförmchen geben. Bis zum Servieren kühl aufbewahren.

Früchtebrot

100 g Nüsse, z. B. Pinienkerne, Pistazien oder Mandeln
100 g getrocknete Feigen
2 El Rosinen
1 El geriebene Orangenschale
1 Msp Zimt
1 Msp Muskatnuss
1 Msp Salz
2 Tl Backpulver
200 ml Wasser
2 El Zucker
100 ml Honig
1 El Rum
500 g Mehl

Nüsse und Backobst grob hacken. Nüsse, Obst, Gewürze, Orangenschale und Backpulver in eine große Schüssel geben. Wasser, Zucker, Honig und Rum zusammen aufkochen lassen, zu der Backobstmischung geben und etwas abkühlen lassen. Das Mehl zugeben und gut mischen. Den Teig in eine Kastenform geben und zunächst 15 Minuten stehen lassen, dann bei 170 °C etwa 45 Minuten backen. Servieren sie das Früchtebrot entweder mit Butter bestrichen – oder getoastet zu Fleischpastete mit Cornichons.

So ein Früchtebrot ist beinahe so gehaltvoll wie Konfekt und schmeckt dann besonders gut, wenn Sie eigentlich schon keine Schokolade mehr sehen können, aber trotzdem Lust auf etwas Süßes haben. Versuchen Sie es einmal mit Honig zu einer guten Tasse Tee.

9. Dezember
Zeit für den Wunschzettel

★ Mein Wunschzettel ★

Lieber Weihnachtsmann,

Zu Weihnachten wünsche ich mir:

1- Einen CD-Spieler
2- Rote Kerzen
3- Ein komplettes Golfschläger-Set
4- W.i.t.c.h Magazine
5- Lippenstift
6- Neue Briefmarken für meine Sammlung.
7- Glitzer-Scoubidous
8- Ein paar Singles von Britney Spears
9- Ein Handy.

Deine Emma Louise.

10. Dezember
Geschenke

Der Brauch, sich zu Weihnachten gegenseitig Geschenke zu machen, begann vor etwa 175 Jahren. Zunächst waren es nur kleine Leckereien, die in den Weihnachtsbaum gehängt wurden. Damals waren Süßigkeiten eine Seltenheit – und schon allein deswegen freuten sich sowohl Kinder als auch Erwachsene auf die Weihnachtstage.

Im Laufe der Zeit wurden die Geschenke größer. Sie wurden hübsch verpackt und kamen unter den Weihnachtsbaum. Normalerweise gab es für jedes Familienmitglied ein oder zwei Geschenke mit nützlichem Inhalt: Winterpullover, feine Strümpfe, eine Pfeife oder eine Haarschleife. Viele Geschenke wurden im Laufe des Jahres selbst angefertigt. Weihnachtsgaben in üppiger Fülle, wie sie heute üblich sind, waren lange Zeit unbekannt.

Jedes Jahr hören wir von neuen Rekordbeträgen, die für Weihnachtsgeschenke ausgegeben wurden. Doch wenn man sich das Jahr über mit Einkäufen und Geschenken etwas zurückhält, brauchen die Weihnachtsgaben gar nicht einmal so groß und kostbar zu sein – und sind doch etwas, auf das man sich besonders freut.

Es ist doch einfach besonders schön, etwas selbst Gebasteltes oder mit viel Liebe und Spürsinn Ausgesuchtes zu verschenken, auf das man richtig stolz ist. Viele Leute schenken mittlerweile wieder kleine Aufmerksamkeiten anstatt teurer Dinge. Das können kleine Leckereien, kreative Basteleien oder selbstgestrickte Unikate sein. Die schönsten Geschenke sind doch die, bei denen man sieht, dass sich jemand Gedanken über uns gemacht hat – und zuweilen kommen solche Gaben eher in Form von besonderen Erlebnissen oder einfach von gemeinsam verbrachter Zeit.

In Schweden ist es Tradition, den Geschenken eine persönliche Widmung oder einen selbst verfassten Vers beizufügen, der auf den Inhalt des Päckchens hinweist. Es kann auch eine Erinnerung an ein gemeinsames Erlebnis sein – ein kleiner Dank für eine schöne Zeit.

Die Vorfreude gehört zu Weihnachten einfach dazu. Machen Sie die schön verpackten Geschenke doch schon zum Bestandteil der Adventsdekoration und lassen den Stapel im Laufe der Vorweihnachtszeit langsam anwachsen. Packen Sie dafür entweder alle Geschenke im gleichen Stil ein oder stimmen Papier und Dekoration auf den jeweiligen Empfänger ab.

11. Dezember Weihnachtsgewürze

Viele der Gewürze, die zu Weihnachten verwendet werden, sind aus fernen Ländern zu uns gekommen. Bereits im Mittelalter liefen die Handelsschiffe aus Indien und Arabien schwer beladen im Hafen ein, um die begehrten Waren auf unseren Märkten feilzubieten. Manche dieser Gewürze wurden als Heilmittel verwendet. So waren zum Beispiel Gewürznelken wegen ihrer antiseptischen Wirkung besonders begehrt und man setzte sie von Zahnschmerzen bis hin zur Pest für einfach alles ein.

Durch diese damals relativ unbekannten und daher sehr begehrten Kräuter bekam man erstmals die Möglichkeit, dem gewohnten Essen einen besonderen Geschmack zu geben. Gewürze waren sehr teuer und galten als Statussymbole – je wohlhabender man war, desto reicher und kräftiger würzte man seine Speisen.

Heute haben Gewürze viel von ihrer Bedeutung verloren. Doch zur Weihnachtszeit gehören bestimmte Gerüche und Geschmacksrichtungen immer noch einfach dazu – für die Älteren unter uns sind sie eine Erinnerung an das Weihnachten der Kindheit. Es gibt eine Vielzahl von traditionellen Weihnachtsrezepten, in denen Gewürze verwendet werden. Doch je mehr Übung wir damit haben, desto mehr Spaß macht es, selbst mit den Zusammensetzungen zu experimentieren.

Tipps

- Kaufen Sie nur kleine Mengen von Gewürzen und lagern sie an einem kühlen, dunklen Ort, da die Aromastoffe in der warmen Küche schnell verfliegen.
- Beim türkischen, indischen oder chinesischen Händler gibt es Gewürze in großer Auswahl zu kaufen – und zumeist billiger als im Supermarkt.
- Wenn Sie die Gewürze vor dem Verwenden im Mörser zerstoßen, kann sich das Aroma besser entfalten und sie schmecken intensiver.
- Probieren Sie die Gewürze ruhig vorher einmal durch, um sich mit ihnen vertraut zu machen. Zwar verändern sie oft ihren Geschmack im Verbund mit anderen Gewürzen oder, wenn sie warm werden – doch es lohnt sich, eine genaue Vorstellung von ihnen zu haben.
- Probieren Sie ein Gewürz oder eine einfache Kombination zur Zeit. Komplizierte Mischungen müssen sehr fein abgestimmt werden, damit der Geschmack nicht zu übermächtig wird.
- Wenn Sie über die Herkunft und die Eigenschaften der verschiedenen Gewürze gut informiert sind, fühlen Sie sich beim Experimentieren sicherer.

Gewürzpflaumen

10–12 Backpflaumen
100 ml Wasser
1 El Zitronensaft
1 El Honig
Zimtstange
3 Kardamomkapseln
2 Nelken

Pflaumen mit Wasser, Saft, Honig und den gemörserten Gewürzen langsam köcheln bis die Pflaumen weich sind und ein Sirup entstanden ist. Mit Zimtsahne servieren. Aber auch lecker als Beilage zu Braten.

Heißer Apfelmost mit Gewürzen

Gewürzextrakt:
500 ml Apfelmost
150 g Rohrzucker
20 Kardamomkapseln
5 Sternanis
4 kleine Zimtstangen
1 Vanillestange
1 Stück frischen Ingwer, 2 x 2 cm
Schale von 1 Orange
Schale von 1 Zitrone

Einlage:
100 g getrocknete Aprikosen
100 g Rosinen
100 g Mandeln
nach Geschmack 100 ml Calvados
100 ml Apfelmost

2 Flaschen Cidre

Ein großes Weckglas in einem großen Topf mit Wasser 2–5 Minuten lang kochen, sodass es keimfrei ist und keine chemischen Zusätze nötig sind.

Alle Zutaten für den Extrakt in einen Topf geben und langsam erwärmen. Dann in das Weckglas füllen und 4–5 Tage in den Kühlschrank stellen.

Ungeöffnete Gläser halten sich im Kühlschrank übrigens mehrere Wochen. Man merkt am Geruch beim Öffnen sehr schnell, ob die Mischung noch frisch ist.

Das Backobst grob hacken, die Mandeln abziehen und hacken. Alles zusammen in den Apfelmost (und, wenn gewünscht, den Calvados) geben und 3–4 Stunden stehen lassen.

Cidre erhitzen, aber nicht kochen lassen. Kräuterextrakt abseihen und mit den eingeweichten Früchten und Mandeln in den Cidre geben.

Servieren Sie das Getränk in Gläsern, damit die goldgelbe Farbe gut zur Geltung kommt.

anis
kardemomme
peber
safran

Rollmöpse

Ergibt 4-5 Portionen

8–10 kleine, frische Heringe
1 El Salz
3 Schalotten, gehackt
1 Knoblauchzehe, zerdrückt
Pfeffer nach Geschmack
2 El Zucker
300 ml Wasser
3 Lorbeerblätter
1 El Senfkörner
10 weiße Pfefferkörner
1 El Koriandersamen
2–4 Tl Indisches Curry

Zahnstocher

Die Heringe ausnehmen und filetieren, oder vom Fischhändler filetieren lassen, mit Salz einreiben und 1–2 Stunden an einen kühlen Ort stellen. Zwiebel, Knoblauch und Pfeffer mischen und über die Heringsfilets streuen. Diese jeweils mit dem Schwanzende beginnend aufrollen und mit einem Zahnstocher fixieren. Hochkant in eine hitzebeständige Form stellen. Wasser, Essig, Zucker und Gewürze zusammen aufkochen und über die Rollmöpse gießen. Je nach Größe der Heringsfilets im Ofen bei 180 °C etwa 10–20 Minuten dämpfen und bis zum Servieren kühl aufbewahren. Die Rollmöpse halten sich im Kühlschrank etwa 3–4 Tage.

12. Dezember

Die Rentiere des Weihnachtsmannes

In einem 1823 von dem Amerikaner C. C. Moore verfassten Gedicht kommt der Weihnachtsmann per Schlitten durch die Winternacht geflogen. Dieser wird von acht schmucken Rentieren gezogen.

Das Rentier Rudolph kam erst 1939 durch ein Gedicht von Robert L. May dazu, das die Vorlage für das bekannte Weihnachtslied Rudolph, the Red-Nosed Reindeer von Johnny Marks lieferte. Mittlerweile ist Rudolf, das Rentier mit der roten Nase, aus der internationalen Folklore nicht mehr wegzudenken.

Dasher
Springer

Comet
Komet

Dancer
Tänzer

Cupid
Amor

Prancer
Tänzler

Donner
Donner

Vixen
Füchsin

Blitzen
Blitz

Rudolph
Rudolf

13. Dezember
Das Luziafest

Lucia bedeutet „die Leuchtende“ auf Latein. Es ist der Name einer jungen Frau, die im 4. Jh. auf Sizilien den Märtyrertod starb.

Luzia brachte verfolgten Christen in ihren Verstecken Nahrungsmittel. Um die Hände zum Tragen frei zu haben, trug sie der Legende nach einen Lichterkranz auf dem Kopf. Im Mittelalter wurde den Kindern statt am Heiligen Abend bereits am Luziatag beschert. Sie hat besonders in Skandinavien hohe Bedeutung, da ihre Lichtbringer-Symbolik an das traditionelle Julfest, die Wiederkehr des Lichtes, anknüpft.

In Dänemark wird die Tradition besonders in den Schulen gepflegt. Dort führt die Luziabraut mit einer brennenden Kerze in der Hand eine Prozession von ebenfalls weiß gekleideten kleinen Mädchen und Jungen an. In Schweden entwickelte sich eine ganz eigene Luziatradition, der zufolge die Luziabraut sehr früh am Morgen des 13. Dezember auf die Gehöfte kam und den Leuten das Essen ans Bett brachte. Diese Morgenmahlzeit, das so genannte „lussebit“, war sehr robust: es bestand aus Hering, Käse, Wurst und Bier oder Branntwein.

Luziabrötchen

Das sind kleine, mit Safran gelb gefärbte Weizenbrötchen. Sie gehören besonders zur schwedischen Tradition und werden dort von der Luziabraut und ihrem Gefolge am 13. Dezember als Morgenmahlzeit serviert. Der Teig ist zu allerlei dekorativen Figuren geformt. Die weichen Brötchen sind besonders bei Kindern beliebt.

75 g Butter
600 ml Milch
50 g Hefe
850 g Mehl
1 Ei
150 g Zucker
1 g Safran
1 Tl Kreuzkümmel
25 g Mandeln
Rosinen zum Verzieren
Ei zum Einpinseln
1 Msp Salz

Die Butter in einem Topf zerlassen und zusammen mit 500 ml der Milch erwärmen. Die Hefe zerbröseln und in der Milch auflösen. Ei und Zucker zugeben und gut verrühren, dann unter Rühren nach und nach Salz und Mehl zugeben. Die restliche Milch erhitzen und Safran und Kreuzkümmel zugeben. Mandeln abziehen und im Mörser zerstoßen. Gewürzmilch und Mandeln in den Teig geben, alles gut mischen und dann zugedeckt 1 Stunde warm stellen.

Den Teig zu kleinen Rollen formen und aus je 3–4 Rollen pro Brötchen dekorative Muster legen (wie in dem Musterfries oben auf der Doppelseite), anschließend mit Rosinen verzieren. Dann auf ein Backblech legen und 15 Minuten ruhen lassen. Mit verquirltem Ei einpinseln und 15 Minuten bei 200 °C backen.

Luziabrötchen schmecken gut zu einem Glas Milch am Morgen oder zu Saft oder Kakao am Nachmittag. Man kann sie wunderbar mit den Kindern zusammen backen – das ist wahrscheinlich einfacher als das Konfektmachen.

14. Dezember
Weihnachten mit Herz

In dem großen, schönen Haus wohnt eine außergewöhnlich große und temperamentvolle Familie: Ivalo und ihr Mann Torben haben fünf Jungen im Alter von 3 bis 15 Jahren! Das Haus ist

so konzipiert, dass sich hier jeder in Ruhe entfalten kann – und dass reichlich Platz ist für all die Freunde und Gäste, die in schöner Regelmäßigkeit den Kopf zur Tür herein stecken. Der Esszimmertisch bietet 20 Personen Platz und er ist nicht selten voll besetzt, denn sowohl die Großen als auch die Kleinen bringen gerne Freunde zum Essen mit. Die Mahlzeiten sind daher auch die zentralen Treffpunkte in dieser Familie. Man kocht mit guten Zutaten und probiert mit Begeisterung neue Sachen aus – Kochen und Geselligkeit stehen hier hoch im Kurs. Auch die Kinder wissen inzwischen den Wert eines guten Essens sehr zu schätzen.

Das herrschaftliche Haus ist mit bequemem, großformatigem Mobiliar eingerichtet – im „Holterdipolter-Stil", wie Ivalo es nennt. In der Praxis heißt es, dass überall Tische und Stühle herumstehen, die man je nach Lust und Laune dorthin rücken kann, wo sie gerade gebraucht werden. So ist man zusammen und kann sich dennoch gleichzeitig mit ganz verschiedenen Dingen beschäftigen.

Kontraste ist das Zauberwort, wenn es um das Mobiliar geht – zum Beispiel die Kombination von hellen Sitzmöbeln mit dunklen Tischen.

Ivalo hat ein Händchen dafür, Wohnen und Arbeiten mit viel Herz und Persönlichkeit zu verbinden. So steht ihre Staffelei komplett mit Leinwand, Farben und Pinseln frei im Raum als Teil der Wohnzimmereinrichtung.

Ivalo ist die Künstlerin der Familie und hofft sehr, eines Tages mehr Zeit für ihre Malerei zu haben. Bis dahin jedoch begnügt sie sich damit, das kreative Zentrum der künstlerischen Aktivitäten im Wohnzimmer zu sein. Dort liegen stets Farben und Tuschkästen bereit, sodass die Kinder und deren Freunde jederzeit selbst zum Pinsel greifen können.

Mit dem Sammeln von antikem dänischen Weihnachtsschmuck hat Ivalo mehr aus Zufall begonnen. Vor etwa zehn Jahren entdeckte sie in einem Trödelladen auf Fünen Mengen von alten Weihnachtskugeln und erwarb eine Riesenkiste voll für einen Spottpreis. Dann kam ein Stück zum anderen, und nun ist sie ständig auf der Jagd nach schönem alten Weihnachtsschmuck – oder auch neuem von guter Qualität. In einem Haus voller Jungen geht solch zarter Glasschmuck zwar leicht einmal zu Bruch. Doch Figuren, die nur leicht beschädigt sind, kommen immer noch mit der heilen Seite nach oben in kleinen Arrangements zum Einsatz.

Zwei der Jungen entspannen auf den bequemen Sofas. Das Tischarrangement ist typisch für Ivalo: sie liebt es, großformatige Dinge mit kleinen Details zu kombinieren.

Hier fängt Weihnachten schon mitten im Dezember an. Die Weihnachtsbäckerei und das Konfektmachen ist für die Familie eine der wichtigsten Festvorbereitungen. Ivalo lädt eine Freundin und deren Kinder zu sich ein, und alle zusammen verbringen einen wunderbaren Tag mit dem Backen von Pfefferkuchenhäusern, die dann nach allen Regeln der Kunst verziert werden. Kekse gehören natürlich zu einem richtigen Weihnachtsfest auch dazu. Dabei dürfen all die Freunde mithelfen, die sich am Backtag gerade im Haus befinden. Das Konfekt wird jedoch erst im allerletzten Moment gemacht, sonst ist zum Fest nämlich nichts von dem farbenfrohen Marzipan mehr übrig!

Der Weihnachtsbaum wird auf dem Grundstück eines Freundes gemeinsam ausgesucht und gefällt. Das ist keineswegs immer eine traditionelle Tanne, sondern kann zum Beispiel auch einmal eine Lärche sein.

Am Heiligabend gibt es ein Frühstücksbuffet für die Freunde und dann werden Geschenke ausgetauscht. Am Abend versammelt man sich mit den 17 bis18 engsten Verwandten zu einem traditionell dänischen Festessen: Ente und Reispudding mit versteckten Mandeln. Wer eine Mandel findet, bekommt ein kleines Geschenk – das ist zum Beispiel ein hübscher Weihnachtsschmuck für die Erwachsenen oder ein Spielzeug für die Kinder.

Ivalos Weihnachtsdekoration besteht im Wesentlichen aus ihrer großen Sammlung von alten Christbaumkugeln sowie Kerzenhaltern und Aufsätzen aus Bauernsilber. Und natürlich Mengen von brennenden Kerzen: auf den Tischen, im Adventskranz und natürlich auch im Weihnachtsbaum.

Pfefferkuchenherzen

Hübsch verpackt mit einem Seidenband zum Aufhängen sind diese Herzen ein wunderbares kleines Mitbringsel in der Adventszeit. Schön sind sie auch als süße Tischkarten für Kinder, individuell verziert und mit dem Namen des Empfängers darauf. Die feinen Muster sind ganz einfach nachzuarbeiten. Drehen Sie eine Tüte aus Backpapier, füllen den Zuckerguß hinein und schneiden die Spitze ab. Dann leicht auf die Tüte drücken, damit die Glasur gleichmäßig fließt.

Dies ist derselbe Teig wie für das Pfefferkuchenhaus (Seite 108). Er sollte vor dem Verarbeiten eine Stunde in den Kühlschrank gestellt werden.

Den Teig etwas 1/2 cm dick ausrollen und die Herzen ausschneiden – Sie können dafür vorher eine Pappschablone anfertigen. Mit einem Trinkhalm oben Löcher für das Aufhängeband durchstechen und ein abgebrochenes Streichholz hineinstecken, damit sich das Loch während des Backens nicht wieder schließt. Im auf 160 °C vorgeheizten Ofen je nach Größe 10–15 Minuten backen und zum Abkühlen auf ein Kuchengitter legen.

Dann die Glasur anrühren, in eine Spritztüte aus Backpapier füllen und wie gewünscht verzieren.

Glasur

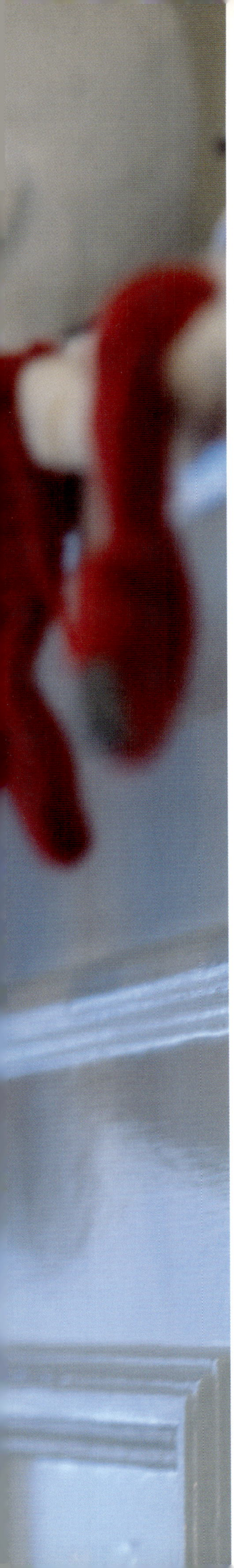

Wenn Sie Zeit und Lust haben,

24 Socken zu stricken, haben wir hier die Anleitung für Sie. Sie können die Schäfte glatt oder z. B. im Perl- oder Rippenmuster stricken, doch bleiben Sie bei Rot. Die Anleitung ist jeweils für die kleinste und die größte Socke, wobei der Schaft im Rippenmuster und der Fuß glatt gestrickt wird. Nehmen Sie Strumpfgarn oder ein anderes Wollgarn und schlagen Sie stets eine gerade Anzahl Maschen auf. Um 24 Socken zu erhalten, stricken Sie je zwei mit derselben Maschenzahl zwischen 32 und 54. Jede Socke hat jeweils einen 0,5 cm längeren Schaft und Fuß als die vorhergehende. Passen Sie die nachfolgende Anleitung an die dazwischenliegenden Größen an.

Die Angaben für die größte Größe steht in Klammern:
32 (54) Maschen auf einem Spiel Nadeln Nr. 4 aufschlagen. Dann 2 R. im Rippenmuster (2 re., 2 li.) arbeiten. Nach 10 (22) R. zu glatt re. wechseln, in der 1. R. gleichmäßig verteilt 2 (4) M. zusammen stricken. 2 cm stricken, dann die Hacke arbeiten: Die jeweils ersten und letzten 7 (12) M. zusammen auf eine Nadel fassen und mit den so erhaltenen 14 (24) M. 3,5 (6,5) cm in Hin- und Rückr. arbeiten, während die übrigen M. ruhen. Nun das Käppchen arbeiten: 9 (16) re. M., 1 M. re. abheben, 1 M. re. und die abgeh. M. darüber ziehen, *die Arbeit wenden, 1 li. abh., 4 (8) li., 2 li. zus.str., wenden, 1 re. abh., 4 (8) re., 1 re. abh., 1 re., die abgeh. M. darüber ziehen, *, von * bis * wdh., bis nur noch 6 (10) M. auf der Nadel sind. Diese auf 2 Nadeln verteilen und wieder rund str., wobei die Rd. in der Mitte des Käppchens beginnt. 1. Rd.: 1. Nadel: die li. 3 (5) M. des Kp. re. stricken, von hier aus in 8 (15) M. entlang der li. Kp.seite stechen u. str. 2. u. 3. Nadel: die 16 (26) M. des Spanns re. str. 4. Nadel: in die 8 (15) M. entlang der re. Kp.seite stechen und re. str., dann die re. 3 (5) M. des Kp. re. abstr. Nun zum Keil abnehmen: 2 Rd.: 1. Nadel: 9 (18) re., 2 M. re. zus.str., 2. und 3. Nadel re. M., 4. Nadel: 1 M. re. abh., 1 re., die abgeh. M. darüber heben, 9 (18) re. 1 Rd. ohne abn. stricken.

4. Rd.: 1. Nadel: 8 (17) re., 2 re. zus. 2. u. 3. Nadel: re. 4. Nadel: 1 re. abh., 1 re. die abgeh. M. darüber ziehen, 8 (17) re.

Glatt weiter stricken und dabei in jeder 2. Runde abnehmen, sodass in jeder Rd.

auf der 1. und 4. Nadel eine M. weniger ist. Wenn auf diesen nur noch 7 (12) M. übrig sind – im Ganzen 30 (50) – ist der Keil fertig. Nun glatt hoch stricken.

Wenn die Arbeit von Hacken aus 11 (22) cm lang ist, die Spitze stricken. Nach den ersten 7 (13) M. der 1. Rd. mit dem 1. Abn. beg.: *1 re., 1 re. abh., 1 re. über die abgeh. ziehen, 9 (19) re., 2 re. zus., 1 re.*, von * bis * wdh. Eine Rd. ohne Abn. stricken.

2. Abn.: *1 re., 1 re. abh., 1 re. über die abgeh. M. ziehen, 7 (17) re., 2 re. zus., 1 re.*, wdh. von * bis *.

So noch 1x (2x) fortfahren und in jeder 2. Rd. abnehmen, danach in jeder Rd., bis noch 10 M. übrig sind. Das Garnende hindurch ziehen und festheften.

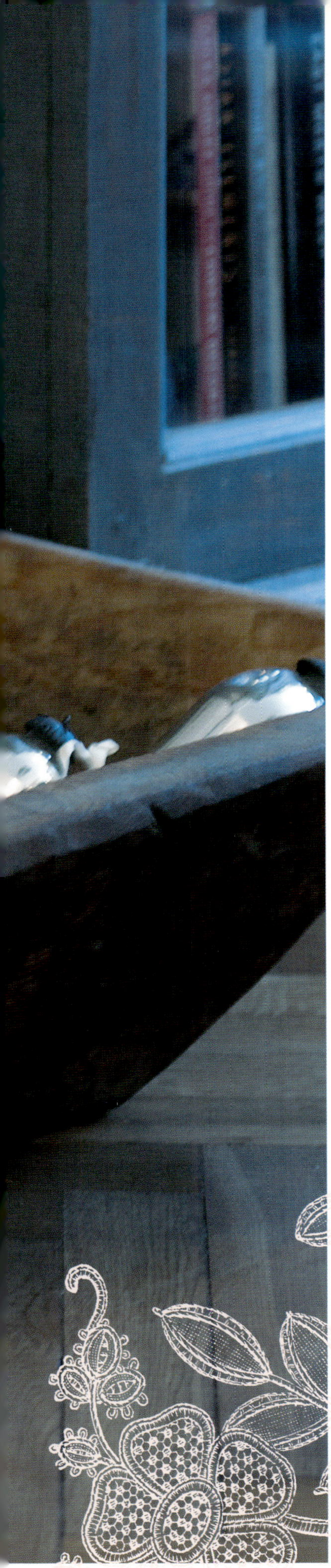

Man nehme einen Haufen von Geweihen, lege diese über ein paar Holzkisten, bestreue das Ganze mit ein paar indischen Silberkugeln – und fertig ist das Weihnachts-Stillleben. Das ist das Geheimrezept für Ivalos stimmungsvolle Arrangements. Man braucht dazu nur etwas Fantasie und ein Auge für ungewöhnliche Zusammenstellungen.

Die Kinder lieben den pfiffigen kleinen Frosch im Hintergrund, der direkt aus dem Märchenland zu kommen scheint. Fantasievoller Weihnachtsschmuck gehört ganz einfach in ein Haus mit fünf Kindern, doch er muss Kinderhände auch aushalten.

Eine Lichterkrone mit echten Kerzen hängt über dem Esszimmertisch. Es sind Altarkerzen von guter Qualität, die weder tropfen noch flackern, und Ivalo kauft sie in großen Mengen im Devotionalienhandel. Damit der Leuchter nicht zu feierlich wirkt, hat Ivalo noch ein Straußenei mitten hinein gehängt.

Der Tisch ist für 16 Personen gedeckt und doch wäre an der Weihnachtstafel noch für mehr Gäste Platz. Ivalo hat eine große Sammlung von antiken Leinentischtüchern und Servietten, denn auf einen festlich gedeckten Tisch legt sie großen Wert – das gehört einfach dazu, wenn man sich mit dem Zubereiten des Essens viel Mühe gemacht hat, sagt sie. Die Tafel selbst ist schlicht gehalten – auf der Anrichte links im Bild dagegen drängen sich Leuchter mit brennenden Kerzen und Weihnachtsdekorationen. So ist auf dem Tisch reichlich Platz für das leckere Essen.

Der Vielfalt der Dinge, die man als Adventsdekoration verwenden kann, sind keine Grenzen gesetzt. Auch diese Zuckerwürfel in der dekorativen Schachtel sind für ein paar Tage Bestandteil von Ivalos fantasievollen, ständig wechselnden Stillleben. So gibt es für die vielen Gäste des Hauses immer wieder etwas Neues zu sehen.

Arme Ritter
Ergibt 6–8 Portionen

1 Ei
300 ml Sahne
6–8 Scheiben Weißbrot
2 El Zucker
1 El Pflanzenöl
1 El Butter

Ei und Sahne verquirlen, die Brotscheiben von beiden Seiten hinein tauchen und anschließend in dem Zucker wenden. Das Öl in einer Pfanne erhitzen, die Butter darin zerlassen und die Brotscheiben von beiden Seiten goldbraun braten. Mit Safranorangen, Orangensirup (Seite 139) oder einfach mit etwas Konfitüre servieren.

Safran-Orangen
Ergibt 8–10 Portionen

300 g Rohrzucker
400 ml Weißwein
1 Vanillestange, der Länge nach gespalten
4 Orangen
1 Msp Safran

Wein, Zucker und Vanillestange zusammen aufkochen lassen. Die Orangen schälen, halbieren und in eine Schüssel legen. Die Wein-Zuckerlösung darüber gießen und den Safran drüber streuen. Das Ganze hält sich in einem geschlossenen Behälter etwa 1–2 Wochen im Kühlschrank. Sie können auch andere Zitrusfrüchte verwenden, zum Beispiel Mandarinen, Blutorangen oder Clementinen.

In einem gastfreundlichen Haus wird zu vielen Mahlzeiten geladen. Wenn dann viele Kinder dabei sind, ist ein Sonntagsbrunch ideal – alle sind ausgeschlafen und gut gelaunt.

Schon von alters her sind die Menschen fasziniert von Engeln – und auch diese Familie ist keine Ausnahme. Um einen Platz in der kunterbunten Schar der Christbaumdekorationen zu erhalten, müssen sie allerdings irgendwie besonders sein: entweder besonders schön oder in anderer Weise einzigartig.

Finnenbrot

ergibt etwa 100 Stück

250 g Butter, auf Zimmertemperatur
350 g Mehl
125 g Zucker
1 Ei
25 g Mandeln, gehackt
2 El grober Zucker

Die Butter flöckchenweise in das Mehl rühren, den Zucker zugeben und alles gut mischen. Den Teig zu einer 1/2 cm dicken Platte ausrollen und in etwa 1,5 x 3 cm dicke Rechtecke schneiden. Mit dem verquirlten Ei einpinseln und die Mandeln und den groben Zucker darüber streuen. Im 200 °C heißen Ofen etwa 5–8 Minuten goldbraun backen. Die fertigen Finnenbrote auf einem Kuchengitter abkühlen lassen.

15. Dezember
Weihnachtsgrüße

Der Brauch, einander gute Wünsche zum neuen Jahr zuzusenden, lässt sich bis in die Antike zurück verfolgen. Weihnachtsbriefe hingegen wurden erst üblich, als 1840 in England die erste Briefmarke erfunden wurde. Dadurch wurde das Briefe schreiben auf einmal viel billiger. Bald war es auch möglich, offene Briefe – also Postkarten – zu verschicken. Das war ein großer Schritt, denn dadurch war das Postgeheimnis aufgehoben und jeder, der so eine Postkarte in Händen hielt, konnte lesen, was auf ihr geschrieben stand. 1895 gab es in Deutschland die erste Postkarte mit vorgedruckten Weihnachtsmotiven zu kaufen. Seitdem ist für viele Menschen das Verschicken von Weihnachtskarten nicht mehr aus den Adventsvorbereitungen wegzudenken. Wie so oft, hat sich auch diese Modeerscheinung zu einer riesigen Industrie entwickelt. Besonders in den USA sind tausende von Designern und Textern allein mit der Entwicklung von Weihnachtskarten beschäftigt.

Doch für einen wirklich persönlichen Weihnachtsgruß bedarf es schon ein wenig mehr als einer Unterschrift unter eine vorgedruckte Karte. Eine Zeichnung, ein Foto, eine kreative Collage, ein Gedicht oder ein Zitat – oder nur ein in eigene Worte gefasster netter Gedanke, der uns verbindet und uns einen Moment lang erfreut innehalten lässt. Weihnachtsgrüße frischen alte Erinnerungen wieder auf und festigen die Freundschaft.

Weihnachtspost ist voller kleiner Überraschungen. Verschicken Sie einmal eine kleine Weihnachtsdekoration als kreativen Gruß. Ein Lieblingsrezept mit Glitter und Nelkenpulver bestäubt lässt ebenfalls Adventsstimmung aufkommen. Denken Sie auch an die Kinder! Es gibt doch nichts Schöneres, als einen Brief zu erhalten, auf dem der eigene Name steht.

Verzieren Sie das Pfefferkuchenhaus ganz einfach mit Zuckerguss oder bekleben es rundherum mit Süßigkeiten, sodass es aussieht wie das Hexenhaus bei Hänsel und Gretel. Kleine Teile rutschen in der feuchten Glasur nicht so schnell herunter.

16. Dezember
Das Pfefferkuchenhaus

Für einen geübten Bäcker ist es eine Kleinigkeit, so ein Pfefferkuchenhaus zu zaubern – doch wer nur hin und wieder einmal zur Rührschüssel greift, braucht schon etwas Zeit und Geduld dafür. Doch ein Versuch lohnt sich wirklich!

Es macht nämlich einen Riesenspaß und am Ende ist man richtig stolz, wenn das fertige Pfefferkuchenhaus mit all seinem selbstgemachtem Charme in der Weihnachtsstube steht. Am besten ist es, man hat Hilfe, denn schon allein für das Zusammensetzen braucht man mehr als zwei Hände.

Kindern macht besonders das Verzieren Spaß. Doch mit Pfefferkuchenhäusern ist es wie mit dem Weihnachtsbaum: wenn man auf Symmetrie und Ästhetik Wert legt, empfiehlt es sich, je eine Version für die Kinder und eine für die Erwachsenen zu machen. So erfüllen Sie sich Ihren eigenen Traum – und die Kinder können ihr Haus so dekorieren, wie es für Kinderaugen am Schönsten aussieht.

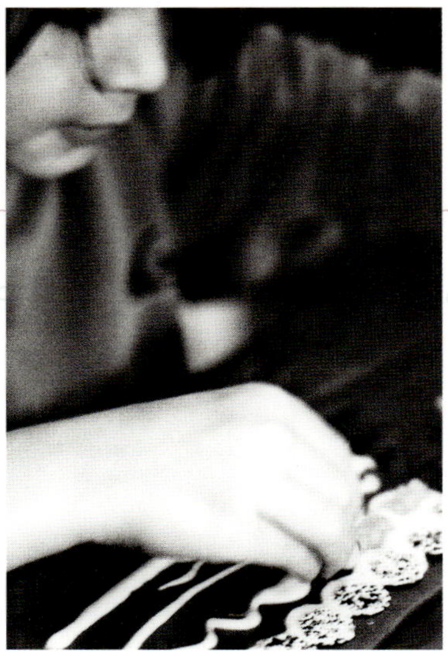

Schornstein
2 x Seitenteil

Schornstein
1 x Seitenteil

1 x Tür

Schornstein
1 x Seritenteil

2 x Giebelwand

Pefferkuchenhaus

Teig
150 g Butter oder Margarine
150 g Rohzucker
250 g heller oder dunkler Zuckerrübensirup
1 Tl Natron
1 Tl Ingwer, gerieben oder als Pulver
3 Tl Zimt, gemahlen
1/2 Tl Nelken, gemahlen
1 Ei
550 g Mehl

Karamel
300 g Zucker

Glasur
125 g Puderzucker
1 Eiweiß
Lebensmittelfarben

Süßigkeiten zum Verzieren

Butter, Zucker und Sirup in einen Topf geben und auf niedriger Temperaturstufe rühren, bis sich alles aufgelöst hat. Wenn die Masse auf Zimmertemperatur abgekühlt ist, Natron und Gewürze zugeben. Ei und Mehl zugeben und gut mischen. Den fertigen Teig in Klarsichtfolie wickeln und mindestens eine Stunde in den Kühlschrank stellen, am besten aber über Nacht. Dann 1/2 cm dick ausrollen. Papierschablonen für die Hausteile anfertigen und den Teig danach ausschneiden. Die Teigstücke auf der mittleren Schiene im auf 160°C vorgeheizten Ofen je nach Größe 10–15 Minuten backen. Zum Abkühlen auf ein Kuchengitter legen.

Die Glasur anrühren, in eine Spritztüte aus Backpapier geben und Türen und Fenster einzeichnen. Den Zucker auf niedriger Temperaturstufe in einer Pfanne vorsichtig erhitzen und die Kanten der Seitenteile in den so entstandenen Karamell tauchen. Die Teile zusammensetzen und vorsichtig andrücken, bis der Karamell erstarrt ist. Dann Dach und Schornstein aufsetzen.

Das Haus kann entweder vor oder nach dem Zusammensetzen verziert werden.

Tipps

- Nehmen Sie die Skizzen auf dieser Doppelseite als Vorlage für Ihre Papierschablonen. Soll das Haus größer werden, vergrößern Sie die Skizzen entweder auf dem Fotokopierer oder schneiden die Teile rundum mit einer „Nahtzugabe“ von 1–5 cm zu.
- Nehmen Sie Backpapier für die Schablonen, dann kleben diese nicht so leicht auf dem Teig fest.
- Je dunkler der Sirup ist, desto dunkler wird auch der Teig.
- Frisch aus dem Kühlschrank ist der Teig recht hart. Wird er während des Verarbeitens zu weich, legen Sie ihn für eine halbe Stunde zurück in den Kühlschrank.
- Der frisch angerührte Teig hat eine leicht bröckelige Konsistenz.
- Der Teig hält sich mehrere Tage im Kühlschrank.
- Machen Sie den Teig ruhig schon am Vortag, damit die Kinder am Tag des Projektes nicht so lange warten müssen.

2 x Dachfläche

2 x Seitenwand

17. Dezember

Weihnachtlicher Schweinebraten

6–8 Personen

2 kg Schweinefleisch mit Schwarte
3 Lorbeerblätter
grobes Salz
700–800 ml kochendes Wasser

Den Ofen auf 200 °C vorheizen. Die Schwarte kreuzweise einritzen und mit dem groben Salz gut einreiben. Die Lorbeerblätter in die Schwarte stecken und den Braten auf einen Rost legen.

Das kochende Wasser in einen Bräter gießen, den Braten auf dem Rost hinein stellen und $1\ ^1/_5$ Stunden backen. Wenn zuviel Wasser verdampft, kann man zwischendurch nachgießen. Der Braten ist fertig, wenn das Fleischthermometer 65 Grad anzeigt. Das Fleisch vor dem Tranchieren 20 Minuten ruhen lassen.

Traditionelle wird Schweinebraten mit Rotkohl, Kartoffeln und Bratensauce serviert. Versuchen Sie auch einmal das Preiselbeerkompott (Seite 113).

Bratensauce

6–8 Personen

Bratensauce vom Schweinebraten
100–200 ml Rotwein
1 Zweig Thymian
1 Knoblauchzehen, zerdrückt
eine große Hand voll gehacktes Suppengemüse, z. B. Porree, Möhren und Sellerie
Speisestärke

Bratensauce, Rotwein, Thymian, Knoblauch und Suppengemüse in einen Topf geben und die Flüssigkeit leicht einkochen lassen. In einen anderen Topf abseihen und etwas Speisestärke zugeben, glatt rühren, salzen und pfeffern.

Preiselbeerkompott

Ergibt 6–8 Portionen

500 g frische Preiselbeeren
300–400 g Rohrzucker
50 ml frisch gepresster Orangensaft
2 El abgeriebene Orangen- und Zitronenschale

Orangensaft und Zucker zusammen aufkochen, dabei ständig rühren. Die Temperatur herunter schalten, Preiselbeeren zugeben und weitere 10–15 Minuten ziehen, jedoch nicht kochen lassen. Mit der Zitrusschale abschmecken und nach Bedarf mehr Zucker zugeben. Das Kompott bis zum Servieren in den Kühlschrank stellen.

Rillete vom Schwein

Ergibt 4–5 Portionen

1 Schweinshaxe
300 g Entenschmalz
3 Zweige Thymian
10 rote Pfefferkörner
10 Wacholderbeeren
3 Lorbeerblätter
Salz und Pfeffer

Die Schweinshaxe salzen und ein paar Stunden in den Kühlschrank stellen. Dann zusammen mit dem Gänseschmalz und den Gewürzen in einen passenden Bräter legen und mit Alufolie abdecken. Im 180 °C heißen Ofen etwa 3–4 Stunden backen, bis sich das Fleisch leicht vom Knochen ablöst.

Das Fleisch vom Kochen lösen und das Fett abseihen. 100–200 ml des Schmalzes zusammen mit dem Fleisch im Mixer zerkleinern und mit Salz und Pfeffer abschmecken. Das Rillette soll nicht zu fest sein. Die Mischung in ein Gefäß geben, den restlichen Schmalz darüber gießen und mit Lorbeeren und Wacholder verzieren. Durch die Schmalzdecke wird das Rillete luftdicht verschlossen und hält sich länger (im Kühlschrank etwa 3–5 Tage).

Servieren Sie es auf französische Art mit Cornichons und einem guten Baguettebrot oder als Schnittchen mit eingelegten Nüssen, roten Zwiebeln und Dijonmajonnaise auf Salat.

Schweinerillette ist eine gute Ergänzung zu den traditionellen Gerichten auf einem Weihnachtsbuffet. Ist das Fleisch erst einmal im Ofen, hat man stundenlang Zeit für andere Dinge.

Weihnachtlicher Rotkohl

6–8 Personen

1 Rotkohl
50 g Entenschmalz oder Butter
1 Schalotte, fein gehackt
2 Lorbeerblätter
50 g Preiselbeerkompott
3–4 El Balsamicoessig
Schale und Saft von 1 Orange
$^1/_2$ Zimtstange
100 ml Portwein
300–400 ml Rotwein
Salz und Pfeffer
nach Geschmack etwas Rohrzucker und Essig

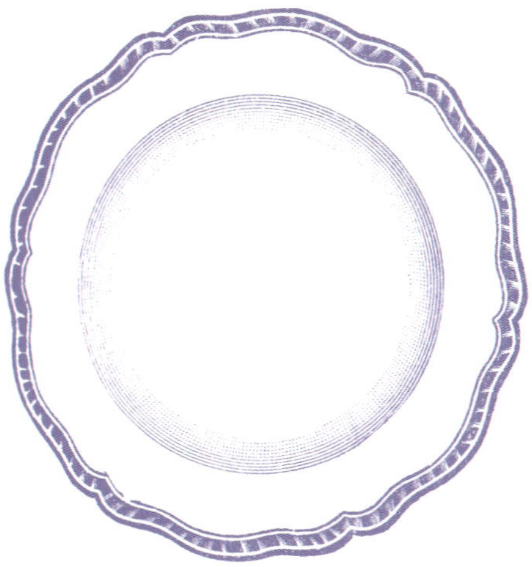

Den Rotkohl halbieren, den Strunk entfernen und fein schneiden. Das Fett in einem großen Topf erhitzen, Kohl, Schalotte und Lorbeerblätter zugeben und gut wenden. Die restlichen Zutaten zugeben und alles zusammen weich dünsten. Mit Salz und Pfeffer abschmecken. Ist der Kohl zu sauer oder zu süß, kann man mehr Zucker oder Essig zugeben.

POSTAL

18. Dezember
Engel

Das Wort Engel bedeutet Sendbote. Engel sind Boten zwischen Gott und den Menschen, zwischen Himmel und Erde.

Unsere heutige Vorstellung von Engeln baut auf jüdischen, christlichen und mohammedanischen Überlieferungen auf, in denen Engel als Geist- oder Energiewesen beschrieben werden. Unsere christlichen Engel beruhen auf denselben Vorstellungen, die sich die Juden schon tausende von Jahren vor Christi Geburt von ihnen gemacht haben.

Die bildliche Darstellung hingegen ist stark beeinflusst von der Malerei der Renaissance. So sind Engel für die meisten von uns entweder in fließende Gewänder gekleidete Männer oder Frauen mit schwanengleichen Flügeln auf dem Rücken – oder pummelige, splitternackte, geflügelte Kleinkinder.

Im Laufe der Zeit wurden viele theologische Diskussionen über den Platz der Engel im Christentum und um ihre Erscheinungsform geführt – denn immerhin repräsentieren Engel eines der am wenigsten greifbaren Motive überhaupt, nämlich den Geist. Daher ist das sehr sinnliche Engelsbild der Renaissancezeit eigentlich ein Widerspruch in sich selbst.

Engel gehören zum Weihnachtsfest dazu, denn immerhin war es der Engel Gabriel, der Maria die frohe Botschaft von Jesu Geburt brachte. In vielen Überlieferungen werden Engel als Lichtwesen beschrieben – und in Skandinavien wird das Weihnachtsfest noch heute „Jul" genannt: so hieß schon das vorchristliche nordische Fest der Wiederkehr des Lichts. Ein weiterer guter Grund, zu Weihnachten die Engel hervorzuholen.

In Deutschland sind Christbäume seit rund 300 Jahren bekannt, und in all dieser Zeit spielten Engel eine mehr oder weniger große Rolle. Da ist zuallererst der Rauschgoldengel, der Ende des 17. Jahrhunderts in Nürnberg erfunden wurde und noch heute sehr beliebt ist. Im Erzgebirge stand für jedes weibliche Familienmitglied in der Adventszeit ein Engel im Fenster (für männliche war es eine Bergmannsfigur). Mitte des 20. Jahrhunderts machten sich die Engel auf dem Christbäumen etwas rar. In den letzten Jahren jedoch haben sich viele traditionell katholische Weihnachtsbräuche wie Krippen, Madonnen und Votivkerzen in Gläsern auch in protestantischen Gegenden verbreitet – und so kommen auch die Engel wieder mehr zu ihrem Recht.

Die himmlische Hierarchie

Es gibt viele verschiedene Arten von Engeln, die in den himmlischen Sphären in einer Art Hierarchie existieren – die aber mit der irdischen Vorstellung von Rangfolge wenig zu tun hat. Man findet jedoch je nach Quelle viele verschiedene Methoden der Klassifizierung – eine christliche Version nennt neun auf drei Dreiergruppen verteilte Himmelschöre.

Die 1. Triade

Die erste Triade entspricht dem Schöpfergott. Die Seraphim bilden den höchsten himmlischen Chor, der den Thron Gottes mit kristallklaren, gleißenden Licht umgibt. Sie werden als rot leuchtende Lichtgestalten mit je sechs Flügeln beschrieben.

Cherubim reflektieren die Weisheit Gottes. Nach dem Sündenfall wurden Cherubim zu Wächtern des Paradieses. Oft dargestellt als Mischwesen aus Tier- und Menschengestalt. Heute haben die kleinen pausbäckigen Putten der Renaissance dieses einstmals Ehrfurcht gebietende Bild fast völlig verdrängt.

Die Throne stellt man sich als vieläugige Feuerwesen oder auch in Menschengestalt vor. Sie symbolisieren das Vertrauen auf Gottes Allmacht.

Die 2. Triade

Die zweite Hierarchie entspricht Jesus Christus. Die Herrschaften befinden sich auf dem Schnittpunkt zwischen der geistigen und der materiellen Ebene. Sie sind für das Wirken der Engelwelt verantwortlich.

Fürstentümer steuern die Zyklen des Universums, die Bewegungen der Sterne und Planeten sowie die Naturgesetze.

Die Gewalten halten die Welt im Gleichgewicht und schützen uns Menschen gegen die Mächte des Bösen. Sie fördern das geistige Erwachen der Menschheit, sodass wir uns seelisch weiter entwickeln können. Sie stehen an der Pforte zur geistigen Welt und führen verirrte Seelen zurück ins Licht.

Die 3. Triade

Die dritte Hierarchie entspricht dem Heiligen Geist. Die Mächte kümmern sich um unsere irdische Gesellschaft, die Nationen und ihre Führer. Zusammen mit den Schutzengeln versuchen sie, die Menschheit zu größerem Verantwortungsbewusstsein zu erwecken.

Erzengel sind Gottes Sendboten. Sie treten vor die Menschen mit göttlichen Verkündigungen. Erzengel Gabriel brachte Maria die Botschaft von der Geburt Jesu. Auch Mohammed nennt ihn als den, der ihm den Koran diktiert hat. Die bekanntesten Erzengel sind Gabriel, Michael, Raphael und Uriel.

Die unterste Hierarchie der Engelswelt hat keinen Beinamen. Diese Engel sind besonders mit der Menschenwelt beschäftigt. Sie sind unsere persönlichen Schutzengel und treten durch Eingebungen oder in Visionen an uns heran. Auch die Erzengel Gabriel, Michael, Uriel und Raphael sind Schutzengel.

19. Dezember
Im nordischen Stil

Bei Cathrine, genannt Cathy, Michael und ihren zwei Töchtern Camille und Esther wird Weihnachten in eher schlichtem Rahmen gefeiert. Sie wohnen in einem Reihenhaus der 1950er-Jahre, das hell und schlicht in skandinavischem Stil eingerichtet ist. Die fast spartanische zu nennende Möblierung besteht aus Erbstücken, die teilweise liebevoll in Stand gesetzt wurden und teilweise auch im Urzustand verblieben sind, weil man es genau so leiden mochte.

Das Erdgeschoss des Reihenhauses bestand ursprünglich aus mehreren kleinen Räumen. Mittlerweile jedoch sind alle Trennwände entfernt worden, sodass ein großer Mehrzweck-Familienraum entstanden ist. Von Zeit zu Zeit ist das Haus außerdem Cathys Arbeitsplatz. Sie ist freiberufliche Grafikerin und arbeitet daher, je nach Art des Projekts, entweder beim Kunden oder bei sich zu Hause.

In ihrer Freizeit beschäftigt sich Cathy mit der Malerei und mit dem Filzen – einer Technik, die sie mittlerweile auch geschäftlich nutzt, indem sie für eine große dänische Designfirma Weihnachtsschmuck entwirft. Da Cathy das ganze Jahr über eifrig experimentiert, sind ihre kleinen Werke überall in der Wohnung zu finden. Ein Großteil des Christbaumschmuckes besteht aus Filz und Perlen, buntem Garn und allerlei anderen kleinen Details.

Der Weihnachtsschmuck in diesem Haus ist nicht sehr üppig, doch er besteht aus allerlei liebevoll ausgewählten Kleinigkeiten von hübschen facettierten Glaskugeln bis hin zu selbst gebasteltem Schmuck aus Glanzbildern und Silbergirlanden. Cathy hat ein geniales System erfunden, den Weihnachtsschmuck das restliche Jahr über aufzubewahren. Sie sortiert alles fein säuberlich in hübsche Schachteln, von deren Etikett man ablesen kann, wann im Dezember man den Inhalt benötigt. So findet man zum Beispiel Hyazinthenvasen komplett mit Papphütchen im ersten, Adventsdekorationen im zweiten und den Christbaumschmuck im dritten Stapel!

Konzentration ist geboten, wenn die Christbaumkerzen angezündet werden. Zwischen all den dänischen Schmuck hat sich ein kleines Skelett aus Mexiko eingeschlichen – dort symbolisiert es die bereits verstorbenen Familienmitglieder. Anders als bei uns haben die Toten in Mexiko engen Anteil am Familienleben und gehören zu allen Anlässen und Festen ganz selbstverständlich mit dazu. Dieses Konzept gefällt Cathy, und so hat das Skelett nun seinen festen Platz am Weihnachtsbaum.

Schneebälle aus Filz

Die für das Filzen verwendete Wolle wird Schafschur- oder Märchenwolle genannt. Es gibt sie in allen Farben, doch die Schneebälle bestehen natürlich aus naturweißer Wolle.

Seifenflocken
Schaumgummi
Wollgarn
5–10 g Schafschurwolle in Naturweiß
Perlen u. ä. zum Verzieren
Nylonschnur

Einen Esslöffel Seifenspäne in einem Liter ca. 50 °C warmem Wasser mit einem Schneebesen gründlich auflösen. Es soll sich viel Schaum bilden.

Das Schaumgummi mit Wollgarn rundherum zu einer Kugel verschnüren, diese anschließend mit einer Lage Schafschurwolle bedecken und vorsichtig mit Seifenwasser bespritzen. Dann zwischen den Händen hin- und herrollen und kräftig walken. Nach und nach mehr Wasser zugeben und weiter walken, bis die Kugel fest geworden ist. Zuletzt noch einmal mit viel Seifenwasser kneten, damit die Oberfläche glatt wird. Durch das heiße Wasser und die Bearbeitung läuft die Wolle ein, die Fasern verhaken sich ineinander – und so entsteht der Filz. Anschließend die Seife in kaltem Wasser ausspülen und die fertige Kugel zum Trocknen auf ein Handtuch legen. An einem Ende die Nylonschnur zum Aufhängen annähen und am anderen Ende eine Verzierung, z. B. eine Glasperle, anbringen.

eln
Perlen

Die Hausschuhe der Mädchen sind – wie sollte es anders sein – aus Filz. Cathy hat eine Schwäche für Filz, sowohl gekauften als auch selbst gemachten. Die Hausschuhe sind gekauft, aber die Filztütchen am Weihnachtsbaum hat Cathy selbst entworfen. Sie werden mittlerweile kommerziell hergestellt.

Es gibt viele Traditionen und ungeschriebene Gesetze in dieser Familie. Nicht etwa, weil man darauf besonderen Wert gelegt hätte – nein, es hat sich einfach so entwickelt. So wird Weihnachten abwechselnd bei Michael und Cathy oder bei den Großeltern gefeiert, denn das hat sich in den letzten drei Jahren gut bewährt. Alle sehnen sich nach einer weißen Weihnacht, und nun sieht es endlich so aus, als ob der Traum in Reichweite wäre. Cathys Bruder hat nämlich einen alten Hof aus dem 19. Jahrhundert in Schweden gekauft. Das nächste Weihnachtsfest wird nun wohl in Schweden stattfinden. Ein anderer Bruder von Cathy ist Musiker – er will die Violine spielen, wenn alle um den Baum herum tanzen wie in alter Zeit.

Wie die Familientraditionen ist auch der Weihnachtsschmuck: einfach, aber sehr persönlich und stimmungsvoll – wozu nicht zuletzt Cathys selbst entworfene Filzfiguren beitragen. Jedes Jahr kommen ein paar Stücke hinzu, die die Adventszeit im Verbund mit den alt vertrauten und geliebten Dingen immer wieder neu und besonders erscheinen lassen. Eine der Regeln für den Weihnachtsschmuck ist, dass es am liebsten immer nur ein Stück von jeder Sorte geben sollte, damit das Ganze nicht zu monoton wirkt.

So sieht der Weihnachtsbaum bei Camille und Esther zu Hause aus. Er ist ganz und gar mit selbst gebasteltem Schmuck behängt. Die Mädchen erzählen sich gegenseitig Geschichten vom alten „Julenisse", dem Weihnachtskobold, der glücklicherweise nicht bei ihnen, sondern bei den Großeltern wohnt. Das ist ein zänkischer Kauz, der an alle außer an die ganz kleinen Kinder freigiebig Maulschellen verteilt. Wenn man ihn nur antippt, schnellt er herum und – klatsch! – schon hat man seine Ohrfeige weg. Der knorrige Kauz ist ein Überbleibsel aus einer Zeit, in der solche Zwerge durchaus nicht die freundlichen Gesellen waren, die man heute kennt.

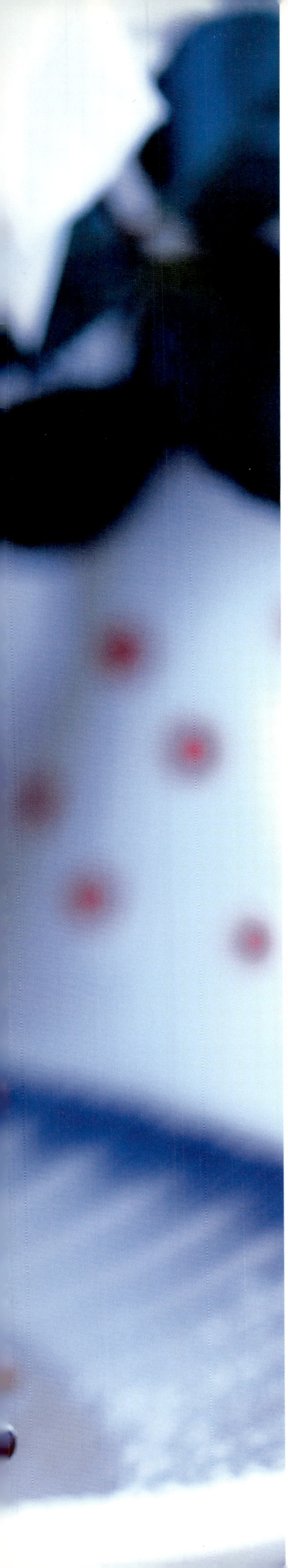

Marzipan-Bäumchen

Ergibt 10–12 Stück

500 g Marzipan
1 Eiweiß
125 g Puderzucker
Pinienkerne
Backpapier

Marzipan, Eiweiß und Puderzucker portionsweise zusammen kneten. Die Arbeitsfläche mit Puderzucker bestreuen. Den Teig in 10–12 Stücke teilen und diese zu kleinen, etwa 8 cm hohen Kegeln mit 3 cm Durchmesser an der Basis formen. Rundherum Pinienkerne als „Äste“ hineinstecken. Die fertigen Bäumchen auf ein mit Backpapier ausgelegtes Kuchenblech setzen und bei 250 °C etwa 6–7 Minuten backen.

Die Bäumchen kurz vor dem Servieren mit einer Schneedecke aus Puderzucker bestäuben. Sie halten sich in einer verschlossenen Keksdose eine ganze Weile.

Das geflochtene Herz besteht aus ganz normalem weißen Hobbyfilz, von dem Cathy einen Teil mit Tee hellbraun eingefärbt hat. Die leicht verfilzte, knittrige Textur bekamen die fertig zugeschnittenen Teile, indem sie noch einmal in 50 °C heißes Wasser getaucht wurden. Das fertige Herz wird mit rotem Knopflochgarn im Heftstich zusammen gesteppt. Der Aufhänger ist mit Nähgarn umwickelter Stahldraht. Wie bei so vielen von Cathys anderen Stücken, dürfen auch hier ein paar Glasperlen in leuchtenden Farben nicht fehlen.

Das Tellerregal ist natürlich ebenfalls weihnachtlich herausgeputzt. Viele Dekorationen bestehen aus allerlei Fundstücken, wie z. B. farbiges Bonbonpapier, das auf eine Postkarte geklebt wurde, hübsche Papierabfälle sowie bunte Bänder und Schleifen, die im Laufe des Jahres gesammelt wurden. In der Adventszeit wird der kunterbunte Schatz hervorgeholt, um daraus spannenden Christbaumschmuck zu basteln.

SÆBE

Braune Kuchen

ergibt ca. 100 Stück

250 g Butter
200 g Zucker

200 g heller Sirup
8 g Pottasche
1 El Wasser
50 g Orangeat
50 g Zitronat
50 g Mandeln
500 g Mehl
2 Tl Zimt
1 Tl Gewürznelkenpulver
1 Tl Ingwerpulver
1 Tl Piment (Nelkenpfeffer)

Butter, Zucker und Sirup in einem Topf zum Schmelzen bringen. Die Pottasche in dem Wasser auflösen und dazu geben. Die Mischung auf Zimmertemperatur abkühlen lassen. Mandeln abziehen und hacken. Zitronat und Orangeat hacken. Mehl, Gewürze, Mandeln, Zitronat und Orangeat in die Zuckermasse geben und gut mischen. Den Teig zu ca. 5 cm dicken Rollen formen, diese in Backpapier wickeln und ein paar Stunden oder über Nacht in den Kühlschrank stellen. Anschließend die Stangen in ca. 1 mm dünne Scheiben schneiden und bei 175 °C etwa 6–8 Minuten backen. Die fertigen Kekse auf einem Kuchengitter abkühlen lassen. In einer dicht schließenden Keksdose halten sich die braunen Kuchen etwa einen Monat lang frisch und knusprig.

Die Teigstangen halten sich im Kühlschrank etwa 14 Tage frisch – da kann man immer schnell ein paar frische Kekse backen, wenn Gäste kommen. Man kann den Teig auch gut einfrieren.

Die kleinen Wickelkinder aus Filz wurden nach demselben Prinzip wie die Schneebälle auf Seite 124 hergestellt. Das Schöne beim Filzen ist, dass man die gesamte Figur von Anfang an selbst macht, und dass am Ende kein Stück dem anderen gleicht.

Die hübschen Herzen und Engel werden nun von einer Designfirma in Serie hergestellt. Die Probestücke sind überall im Haus verteilt und sorgen hier für eine sehr persönliche Weihnachtsstimmung.

Ein weihnachtliches Stillleben. Den Baum aus Stahldraht und Perlen hat eine von Cathys Freundinnen gebastelt. Der aus weißer, schwarzer und roter Schafschurwolle selbst gefilzte Schneemann hat Arme aus kleinen Zweigen. Dafür die farbige Wolle wie gewünscht zurecht zupfen und dann in 50 °C heißem Seifenwasser kräftig bearbeiten – dann entsteht der Schneemann wie von allein!

Diese originellen Weihnachtssocken sind ganz leicht nachzuarbeiten: Kaufen Sie ein Paar der größten Baumwollsocken, die Sie finden können, nähen darauf mit gut sichtbaren Stichen Herzen aus hübschen Stoffresten fest und verzieren das Ganze mit bunten Perlen. Aufgehängt werden die Socken an einem dekorativen Streifenband, das durch eine Masche am Bündchen gezogen wurde. Der Inhalt ist hier ein Weihnachtsbrauch aus Michaels Familie: er besteht aus den Einzelteilen eines Puzzles, das im Laufe der Adventszeit auf dem Wohnzimmerfußboden langsam Form annimmt. Während sich jeden Tag ein neues Teil an die vorhergehenden anschließt, wird eifrig geraten, was es denn am Ende wohl darstellen mag.

Orangensirup

5 Orangen aus biologischem Anbau
450 g Rohrzucker
1/2 Tl frisch gemahlener Ingwer
1/2 Zimtstange

Eine Flasche mit Bügelverschluss oder ein Weckglas 2-5 Minuten in kochendem Wasser sterilisieren – so brauchen Sie keine Konservierungsmittel.

Orangensaft, Zimt, Ingwer und Rohrzucker langsam auf niedriger Temperaturstufe zu Sirup einkochen. Wenn der Sirup sehr stark nach Zimt schmeckt, nehmen Sie die Stange heraus, wenn nicht, lassen Sie ihn in der Lösung, damit sie nach und nach ihren Geschmack abgibt. Den Sirup in das Gefäß abgießen und bis zum Servieren an einen kühlen Ort stellen. Er hält sich ungeöffnet bis zu 2 Monaten.

Mandelreis

Ergibt 6–7 Portionen

100 g Milchreis
750 ml Milch
2 El Zucker
1 Vanillestange, der Länge nach gespalten
1 Msp Salz
400 ml Sahne, steif geschlagen
75 g Mandeln, gehackt
nach Geschmack Puderzucker

Reis, Milch, Zucker, Vanillestange und Salz in einen Topf geben und aufkochen lassen. Dann auf niedriger Temperaturstufe 40–50 Minuten simmern lassen, dabei öfters rühren. Den fertigen Reisbrei in eine kalte Schüssel gießen und zum Abkühlen in den Kühlschrank stellen. Dann die Mandeln zugeben und die Sahne darunter heben. Nach Geschmack mit etwas Puderzucker süßen. Vergessen Sie nicht, eine ganze Mandel darin zu verstecken!

20. Dezember
Die Weihnachtsgans

Gänsebraten

Ergibt 6 Portionen

1 Gans
ca. 400 g Boskop-Äpfel
2 Rosmarinzweige
3 Thymianzweige
200 g Backpflaumen
40 g Butter
1 El Öl
Salz und Pfeffer
500 ml Brühe

Die Gans gründlich waschen und evtl. verbliebene Innereien und Federkiele entfernen. Mit Küchenpapier trocken tupfen. Äpfel schälen und in kleine Stücke schneiden. Apfelstücke, Rosmarin, Thymian und Backpflaumen in die Gans füllen und die Haut über der Öffnung mit einer Fleischnadel fest stecken. Die Flügel nach hinten kehren, sodass die Gans auf den Flügeln liegt.
Die Ganz mit Butter und Öl gut einreiben. Mit der Brust nach oben in einen Bräter mit Bratrost legen. Bei 160 °C etwa 1 Stunde braten, dann aus dem Ofen nehmen und das Fett abgießen. Die Bouillon in den Bräter gießen, den Bratrost zurückstellen und noch einmal 2 Stunden backen (man rechnet 50 Minuten pro Kilogramm.) Kommt beim Einstechen mit einem Messer klarer Fleischsaft heraus, ist der Braten fertig. Vor dem Tranchieren 20 Minuten ruhen lassen. Den Bratensaft abseihen und als Sauce verwenden.
Servieren Sie dazu das Apfelkompott mit Vanille und Foie Gras, gebratene Foie Gras und Linsen – die säuerlichen Äpfel, das feine Fett der Foie Gras und die würzigen Linsen harmonieren wunderbar mit dem saftigen Gänsebraten!

Apfelkompott mit Vanille und Foie Gras

Ergibt 6–8 Portionen

800 g Boskop-Äpfel
150–200 g Rohrzucker
1 Vanillestange, der Länge nach gespalten
zerlassenes Fett von der gebratenen Foie Gras
Salz und Pfeffer

Die Äpfel waschen, schälen und in Schnitze zerteilen. Mit etwas Wasser, dem Rohrzucker und der Vanillestange in einen Topf geben und auf schwacher Hitze weich dünsten, aber nicht zu stark verkochen lassen. Mit dem Fett von der Foie Gras abschmecken, salzen und pfeffern.

Gebratene Foie Gras

Ergibt 6–8 Portionen

160 g Foie Gras
5 El Mehl
Salz

Eine Bratpfanne sehr heiß werden lassen. Die Foie Gras in etwa 1 cm dicke Scheiben schneiden. Die Scheiben salzen, in dem Mehl wenden und braten, bis sie weich geworden sind.

Linsen mit Kräutern

Ergibt 4 Portionen

250 g Puylinsen
750 ml Wasser
15 g Butter
1 Möhre, gehackt
1 Schalotte, gehackt
2 Knoblauchzehen, gehackt
2 Lorbeerblätter
3 Thymianzweige
40 g geräucherter Schinkenspeck
Salz und Pfeffer

Die Linsen 1 Stunde lang einweichen, dann gut abspülen. Die Butter in einem Topf zerlassen. Linsen, Schalotte, Knoblauch und Möhre dazu geben und unter Rühren anschwitzen. Schinkenspeck und Wasser zugeben und alles zusammen aufkochen lassen. Sich eventuell bildenden Schaum abschöpfen. Temperatur herunterschalten und die Linsen weich dünsten. Mit Salz und Pfeffer abschmecken.

21. Dezember
Weihnachtsschmuck

Der Brauch, zu Weihnachten eine Tanne festlich herzurichten, hat sich seit dem 19. Jahrhundert von Deutschland aus im übrigen Europa verbreitet, zunächst in adligen Familien der ganzen Welt. Schon im Mittelalter schmückte man zum Schutz gegen böse Geister Haus und Hof mit Tanne, Mistel oder Wacholder – denn immergrüne Zweige symbolisierten den Sitz der Götter und damit des Lebens. Dieser Brauch wurde von der Kirche sehr kritisiert. Im frühen 16. Jahrhundert entwickelte sich in Deutschland daraus der Christbaum, der den „Paradiesbaum" darstellen soll.

Oben auf den Christbäumen thront zumeist ein großer Stern. Er symbolisiert den Stern von Bethlehem, der den drei Magiern aus dem Morgenlande den Weg zu Jesu Krippe gewiesen hatte. Besonders in Deutschland beliebt ist der Rauschgoldengel. Früher gab es auch schön geformte Spitzen aus buntem oder silbern schimmerndem Glas, mit und ohne Glocken. Sie waren besonders in jenen Kreisen beliebt, die die christliche Symbolik des Sterns unpassend fanden. Es gab sogar Engelskarussels, die von kleinen Kerzen angetrieben wurden, wobei ein feines Geklimper erklang.

Wunderkerzen kamen in den 1920er- und 1930er-Jahren in Mode. Sie hatten ihr Vorbild in den aus der Natur bekannten Eiszapfen. Zur großen Freude besonders der Kinder hängte man damals die Wunderkerzen zum Abbrennen in den Christbaum.

Lametta ist eine der ältesten Weihnachtsdekorationen, die es gibt. Die Technik, Kupferdraht zu dünnen Streifen auszuwalzen, entstand im Frankreich des 16. Jahrhunderts. Damals trug man das Lametta jedoch an der Uniform. Erst später kamen die Deutschen auf den Gedanken, damit den Christbaum zu schmücken.

Christbaumkerzen sind ein Symbol Jesu Christi. Zuerst wurden kleine Bienenwachskerzen mit Wachs direkt auf den Zweigen befestigt, was natürlich eine große Brandgefahr darstellte. Erst 1867 kamen die ersten primitiven Kerzenhalter auf. Der heute noch handelsübliche Klemmhalter wurde 1879 in den USA patentiert. Es gibt auch Versionen mit einem bleiernen Gegengewicht in Form einer Kugel oder einer dekorativen Figur. Seit 1882 kann man den Christbaum mit elektrischen Lichterketten schmücken. In jenem Jahr erglänzte in New York der erste Weihnachtsbaum im Licht von elektrischen Kerzen. Das war eine kleine Sensation, denn Thomas Alva Edison hatte erst in jenem Jahr das erste Elektrizitätswerk in Betrieb genommen. Der Baum drehte sich um sich selbst, wobei die Glühbirnen abwechselnd an- und ausblinkten.

Glaskugeln

Auch gläserner Weihnachtsschmuck kommt ursprünglich aus Deutschland. Schon im 18. Jahrhundert stellten böhmische Glasbläser allerhand bunte Glasdekorationen für Christbäume her. Die Kugeln wurden von den Männern geblasen und von Frauen und häufig auch Kindern in Heimarbeit bunt bemalt oder mit Quecksilber von innen verspiegelt. Bis in die 1890er-Jahre wurden die Dekorationen mundgeblasen. Später ging man dazu über, Figuren in zwei-teiligen Porzellanformen zu blasen. Besonders beliebt waren Vögel, Tannenzapfen und Fabelwesen.

Herzen sind das Symbol der Liebe – im Christentum bedeutet es Christi Liebe für die Menschheit. Das geflochtene Herz ist eine dänische Erfindung – es war kein geringerer als Hans Christian Andersen, der gegen Ende der 1860er-Jahre so ein Herzchen aus Glanzpapier bastelte und es Mathilde, der Tochter des Physikers H. C. Ørstedt, zum Geschenk machte. Damals hatte es noch keinen Henkel zum Aufhängen und war wohl auch nicht als Christbaumschmuck gedacht – aber das sollte sich im Laufe der Zeit gründlich ändern.

Engel waren besonders im späten 19. Jahrhundert als Christbaumdekoration beliebt. Es gab sie in der eher männlichen Form der Erzengel Gabriel, Uriel und Michael, als kindliche Putten oder als weiblich anmutende, schlanke Gestalten mit langem, goldenen Haar und großen, weißen Flügeln. Sie bestanden meist aus Papier und hatten eine Vorder- und Rückseite. Später kamen auch andere Materialien hinzu. Typisch deutsch sind die Rauschgoldengel – aufwändige Figuren aus fein gewalztem Messingblech, die bereits im 17. Jahrhundert in Nürnberg erfunden worden sein sollen.

Der Brauch, süße Sachen in den Weihnachtsbaum zu hängen, ist schon uralt. Zunächst waren dies Äpfel, Nüsse und Gebäck – heute sind es zumeist bunte Kringel und Schokoladenfiguren. Besonders in Dänemark beliebt sind kleine Tütchen aus buntem Papier, die mit Süßigkeiten gefüllt und in den Christbaum gehängt werden. Heute nimmt man dafür auch andere Materialien, z. B. Stoff, Glas oder Filz.

Der Weihnachtsmann ist in der ganzen Welt bekannt, doch niemand hat ihn je gesehen... Seine Wurzeln lassen sich in die Türkei, nach Amerika und Grönland zurückverfolgen. Wer weiß – vielleicht ist der Weihnachtsmann gar kein dicker Mann mit weißem Bart, sondern eine Eskimofrau mit weißem Unterrock?

22. Dezember
Der Weihnachtsmann

Der Weihnachtsmann – eine vielschichtige Gestalt, die sich aus Elementen verschiedener Epochen, Religionen und Kulturen zusammensetzt. Die zentrale Figur ist Nikolaus, um das Jahr 300 n. Chr. Bischof von Myra in der heutigen Türkei. Er war der Sohn wohlhabender Eltern und setzte sein Leben und all sein Vermögen dafür ein, Gutes zu tun. Dafür wurde er später heilig gesprochen. Sankt Nikolaus lagen besonders die Seefahrer und die Kinder am Herzen. In der Reformationszeit wurden viele Gotteshäuser – die Nikolaikirchen – nach ihm benannt. Sein Tag ist der 6. Dezember. In vielen Ländern entwickelte sich seine Legende weiter, bis sie zum festen Bestandteil der Weihnachtstradition geworden war. Zu guter Letzt wurde aus ihm der Weihnachtsmann.

Die Vorstellung davon, wie Sankt Nikolaus oder der Weihnachtsmann eigentlich aussieht, ist von Land zu Land sehr verschieden und hat sich auch im Laufe der Zeit weiter verändert.

Unser heimischer Weihnachtsmann hat eine Weile in den Vereinigten Staaten verbracht. Dort entwickelte er sich zu dem rundlichen alten Mann mit den Lachfalten um die Augen und dem langen weißen Bart. Er erfüllt die Weihnachtswünsche der Kinder und kommt am Heiligabend oft persönlich vorbei, um seine Gaben abzuliefern.

In dieser Hinsicht jedenfalls ist die Figur des Weihnachtsmannes nicht weit von seinem ursprünglichen Vorbild, dem Bischof von Myra, entfernt: noch heute bringt er Geschenke – und Freude.

23. Dezember
Das Wunder

Es ist dunkel, wenn sich die nördliche Halbkugel von der Sonne abwendet; dunkler Winter. Die Dunkelheit hat langsam an Schwung gewonnen, sie kommt gleichsam von weit, weit her wie eine Windbö, die sich selbst in den Rücken fährt. Die Dunkelheit hat sich an dem Tag auf den Weg gemacht, als der Herbststurm die Blätter von den Bäumen blies.

Nun brennt die vierte Kerze im Adventskranz, vom Kalenderlicht ist nur noch ein Stumpen übrig; wir halten die Dunkelheit fern, indem wir drinnen Kerzen anzünden. Die Erwachsenen sind beschäftigt, es gibt so vieles zu tun, da nun bald Weihnachten ist, aber den Kindern scheint es, als ob es niemals kommen wird. Die Kinder, die schon die Zahlen bis Tausend gelernt haben, zählen die Minuten und können einfach nicht schlafen: morgen ist Heiligabend. Und das Kind, das noch nicht so weit zu zählen weiß, versteht einfach nicht, warum es am Morgen schon Abend sein kann. Die Nacht will einfach nicht vorübergehen und dauert und dauert und dauert.

Und dann müssen sie doch eingeschlafen sein, doch als sie aufwachen, meinen sie, sie hätten bis in den Sommer hinein geschlafen, denn draußen ist es gleißend hell. Der Fußboden fühlt sich kalt an unter den nackten Füßen. Die Kinder laufen ans Fenster – und draußen ist alles neu. Das Wunder muss in der Nacht geschehen sein, als sie geschlafen haben. Die Dunkelheit hat ihr schönstes Festkleid hervorgeholt, glitzernd, weich und weiß wie Schnee es nur sein kann am Morgen des Heiligen Abends.

Iselin C. Hermann

(Übersetzung des Textes gegenüber)

Det er mørkt når den nordlige halvkugle vender sig fra solen; mørk vinter. Mørket har taget tilløb, kommer ligesom langvejs fra som vinden der skubber sig selv i ryggen. Mørket har været på vej helt fra dengang efterårsstormen blæste bladene af træerne.

Vi har tændt det fjerde lys i adventskransen, af kalenderlyset er der kun en stump tilbage; vi holder mørket ude ved at tænde lys indendøre. De voksne har travlt, der er så meget de skal nå før det bliver Jul, men børnene synes aldrig den kommer. De børn som har lært tallene til tusind tæller minutter og kan slet ikke sove: Imorgen er det Juleaften, og det barn som ikke kan tælle så langt forstår ikke at det kan være aften om morgenen. Natten vil slet ikke gå sin vej og bliver ved og ved og ved.

De må alligevel have sovet, men da de vågner tror de, de har sovet over sig helt til sommer for udenfor er det lyst og lysende. Gulvet er koldt under bare fødder. Børnene løber hen til vinduet og udenfor er altting nyt. Miraklet må være sket mens de sov. Mørket har fået sit fineste tøj på, glitrende, blødt og hvidt som kun sne kan være Juleaftens morgen.

Jette Hermann

24. Dezember
In die Kirche

Das hohe Kirchenschiff gibt der frohen Weihnachtsbotschaft einen fast überirdischen Rahmen. Egal, welche Rolle die Religion für den Einzelnen im Alltag spielt – an hohen Festtagen sorgt die Kirche für die richtige Atmosphäre. Die hohen Räume, die Kerzen und die oft gedämpften Farben, die Goldtöne der Dekoration schaffen einen ganz besonderen, geheiligten Raum um uns herum. Vielleicht wissen wir die Stille einer Kirche gerade in der hektischen Weihnachtszeit am meisten zu schätzen.

In der Kirche erlebt man die besondere Stimmung der Weihnachtszeit, die feierliche Stille, vielleicht am intensivsten – selbst wenn die persönliche Weihnachtstradition einen Kirchgang am Heiligabend nicht vorsieht. Viele Kirchen bieten in der Adventszeit Musikkonzerte an, und sie sind immer offen für einem Moment der Andacht und der stillen Einkehr.

Viele Kinder lieben die besondere Atmosphäre in der Kirche – und eine ganze Reihe von Gotteshäusern bieten am Heiligabend zur Mittagszeit Kindergottesdienste an. Bevor der Festtrubel mit Essen und Geschenken so richtig losgeht, kann man so den vielleicht schönsten Tag des Jahres damit beginnen, die Geschichte von den Kind in der Krippe zu hören.

Die Heiliggeistkirche in Kopenhagen lädt jeden Freitag zu einer „Nachtkirche" ein. Dort wird Musik gespielt und gesungen, es werden Gedichte, Geschichten und Bibeltexte vorgelesen. Man kann am Gottesdienst teilnehmen oder mit Gleichgesinnten über Theologie und Philosophie diskutieren, im Gebetsraum für sich allein sein oder das Gespräch mit einem Seelsorger suchen. Die Nachtkirche geht auf eine Initiative der Theologin Bettina Christiansen zurück.

Auch in Deutschland bieten viele Kirchen eine „Nachtkirche" an.

Weihnachten

Winter auf Frederikshøj

Weit, weit draußen im Süden Seelands wohnt der Globetrotter Stig mit seinem Partner Greg im großen Stil. Den äußeren Rahmen bildet die Villa Frederikshøj,`die zum Gut Gisselfeldt gehört. Die beiden haben das Haus mit viel Respekt für dessen Geschichte und Umgebung eingerichtet. Da Stig die Orangerie auf Gisselfeldt leitet, gehören Blumen und Pflanzen hier genauso zur Einrichtung wie die Möbelstücke.

Stig ist ausgebildeter Architekt, aber seine Leidenschaft für Pflanzen hat ihn am Ende in eine ganz andere Richtung geführt. Heute züchtet und verkauft er historische Pflanzen, Duftpelargonien, Würz- und Heilkräuter. Neben seiner gärtnerischen Tätigkeit hält er Vorträge über Leben, Tod und Paradies – und Orangerien. Der Landschaftsgärtner Greg geht ihm in der Orangerie zur Hand und kümmert sich um die Gestaltung von Heim und Garten – sowohl im privaten als auch im geschäftlichen Bereich.

Villa und Garten sind eigentlich sogar für zwei Menschen mit einem großen Freundeskreis viel zu groß. Daher werden die beiden hier demnächst ein exklusives Erholungsheim eröffnen und bauen zu diesem Zweck gerade die Dachetage aus. Die Gäste haben dann freien Zugang zu den Wohnräumen und dem kleinen Park, der ebenfalls gerade angelegt wird.

Christrosen blühen, ihrem Namen zum Trotz, eigentlich erst im Februar. Wenn man sie rechtzeitig ins Haus holt, kann man die Blüte jedoch so steuern, dass sie auf Weihnachten fällt. Stig liebt die Kontraste – die schlichte Christrose in der englischen Suppenterrine mit üppigem Dekor ist ganz sein Stil. Die Pflanzen sind in feuchtes Käseleinen eingeschlagen, damit sie sich frisch halten – eine alte Methode, die man vor der Entdeckung von mosy-Steckschaum angewendet hat.

Heißer Birnensaft

3 Gewürznelken
3 Zimtstangen
4 Birnen
600 ml Wasser
1–2 Tl Honig
150 ml Sahne
3–4 Stücke kandierter Ingwer, gehackt
nach Geschmack Rohrzucker

Heißer Birnensaft ist ein süßes, leicht würziges Wintergetränk – eine leckere, alkoholfreie Alternative zu Glühwein. Servieren Sie ihn auch einmal mit einem Klecks Ingwerschlagsahne. Sie können statt der Birnen auch süße, feste Äpfel nehmen – oder eine Mischung aus beiden.

Die Gewürze in einen Teefilter tun und mit Baumwollschnur zubinden – ein Tee-Ei geht auch. Es macht nichts, wenn Sie dafür die Zimtstangen in kleinere Stücke schneiden müssen. Die Birnen in Scheiben schneiden und mit den Gewürzen in einen Topf geben. Mit dem Wasser aufgießen und den Deckel auflegen. Auf schwacher Hitze etwa 30 Minuten ziehen lassen, dann den Saft abseihen und mit Honig abschmecken. Die Sahne steif schlagen und den Ingwer darunter heben, nach Geschmack mit etwas Rohrzucker süßen. Den heißen Saft in hohe Gläser füllen und einen Klecks Ingwersahne darauf geben. Mit einer getrockneten Apfelscheibe dekoriert und mit einer langen Zimtstange zum Umrühren servieren.

In Stigs Orangerie blühen die Frühlingspflanzen schon zu Weihnachten. Daher ist das ganze Haus erfüllt von Fliederduft, obwohl der Kalender Dezember anzeigt und draußen Schnee liegt. Eine Orangerie ist ein helles, aber kühles Gewächshaus voller Pflanztröge.

Stig verwendet mit Glimmer verzierte exotische Früchte und Granatäpfel als Weihnachtsdekoration. Zwar nimmt er dafür einen selbst gemachten Klebstoff, aber dünn aufgetragener Sprühkleber funktioniert ebenso gut. Der Granatapfel ist ein uraltes christliches Symbol: sehr wahrscheinlich war der Baum des Sündenfalls ein Granatapfelbaum, da es zu jener Zeit im Orient keine Äpfel gab.

Eingelegte Nüsse

100 g Walnüsse
100 g Haselnüsse
100 g Pinienkerne
500 ml Wasser
100 ml Cognac
150 g Rohrzucker
1 Zimtstange
5 Gewürznelken
Mark von 1 Vanillestange
1 Tl frische Chili, gehackt
abgeriebene Schale
von 1 Zitrone

Ein paar Weckgläser in 2–5 Minuten in kochendem Wasser sterilisieren – das macht Konservierungsmittel unnötig. Die Nüsse in die Gläser füllen. Wasser, Zucker und Cognac zusammen aufkochen. Chilischote waschen, fein hacken und mit Nelken, Vanille und Zitronenschale mischen und in die Flüssigkeit geben, alles 1 Minute sprudelnd kochen lassen und dann über die Nüsse gießen. Die eingelegten Nüsse halten sich ungeöffnet 3–4 Wochen im Kühlschrank. Servieren Sie sie in Salaten, auf Sandwiches und als Beilage zur Käseplatte.

Heiße Schokolade

700 ml Vollmilch
100 g gute Zartbitterschokolade
1 El Zucker
200 ml Sahne, geschlagen
1 Zimtstange nach Geschmack
1 Gläschen Grand Marnier nach Geschmack

Die Milch in einem Topf mit dickwandigem Boden erhitzen. Die Schokolade fein hacken und hinein geben, dabei rühren. Mit Zucker abschmecken. Ein paar Minuten auf niedriger Kochstufe ziehen lassen. Nach Geschmack Grand Marnier zugeben – das sorgt für eine feine Orangennote. Wenn man eine Zimtstange mitkocht, schmeckt die heiße Schokolade weihnachtlicher. Verrühren Sie vor dem Servieren einen Löffel Schlagsahne in der Kanne, damit sich auf der Oberfläche keine Haut bildet.

Früher war das Salz sehr kostbar. Je größer das Salzfass auf dem Tisch, desto reicher war der Hausherr. Außerdem brauchte man Mengen von Brennholz für die Salzgewinnung, und Brennholz war ebenfalls eine Mangelware.

Die Salzfässer auf Stig und Gregs Weihnachtstafel haben jedoch nicht nur symbolische Bedeutung. Die beiden verwenden das Jahr über nur wenig Salz zum Kochen – doch zu Weihnachten wird darin geschwelgt. Gleich nach der Kirche gibt es Champagner und Wachteleier, die nach Herzenslust in Salz getunkt werden. Sie nehmen dafür Siedesalz, das nach einer traditionellen Methode gewonnen wurde, die schon im Mittelalter bekannt war. Die antiken Salzfässer mit Goldrand stammen aus dem Frankreich des 18. Jahrhunderts.

Stig ist fasziniert von Arbeitsprozessen und Kontrasten. Seine Lebensphilosophie ist eine Mischung aus allen Religionen der Welt, der Lebensweisheit seiner Großmütter und einem guten Schuss gesundem Menschenverstand. Licht und Schatten, Werden und Vergehen, das Spartanische und das Üppige, Yin und Yang, christliche und heidnische Traditionen kommen zu Weihnachten alle zu ihrem Recht. Seine selbst gezogenen Pflanzen wachsen, blühen, verblühen und schießen ins Kraut, denn für Stig ist jedes Wachstumsstadium gleich schön.

Weihnachten findet statt in der dunkelsten Zeit des Jahres – einer Zeit, in der sich die Menschen aller Zeiten nach Licht, Frühling und Festen gesehnt haben. Egal, ob wir an Thor und Odin geglaubt haben, katholisch oder evangelisch waren – es hat am dunkelsten Punkt des Jahres schon immer ein religiöses Fest stattgefunden. Stig ist der Ansicht, dass all der Glanz und Glitter des Weihnachtsfestes schon immer dazu gedient hat, das spärliche Licht einzufangen und das Beste aus einer dunklen Zeit zu machen.

Stig hat eine ganz besondere Familiengeschichte, denn die Mutter seiner Mutter und der Vater seines Vaters waren Geschwister. Sie kamen aus sehr ärmlichen Verhältnissen. Die Großmutter machte eine reiche Heirat, doch der Großvater starb in Armut. So ist Stig durch den Kontrast zwischen den wirtschaftlichen Verhältnissen und Lebenseinstellungen der Großeltern nachhaltig geprägt worden – er nennt seine reiche Großmutter „den Engel" und seinen armen Großvater „den Zauberer." Denn von der Großmutter hat er seine Leidenschaft für voll erblühte Rosen geerbt, und vom Großvater das Vergnügen an der Einfachheit und an allem, was wächst und gedeiht.

Der Blick in eines der exklusiven Gästezimmer des Erholungsheims. Der Weihnachtsbaum mit den weit auseinander stehenden Ästen ist eine deutsche Sorte. Seit der Christbaum vor etwa 200 Jahren in unsere Wohnstuben gekommen ist, hat sich auch sein Schmuck mit der Mode verändert. Stig jedoch zieht es vor, den Baum ganz ungeschmückt zu lassen, sodass sich die Gäste an seiner ursprünglichen Form und dem frischen, herben Geruch der Tannennadeln erfreuen können.

Überall auf Tischen und Fensterbrettern liegen keimende Zwiebelpflanzen herum. Schon in wilhelminischer Zeit grub man im Winter Zwiebeln aus, um sie drinnen zum Blühen zu bringen. Stig richtet es so ein, dass seine Pflanzen am ersten Adventssonntag blühen. In einem Monat ist es soweit: die Blüten sind lila und ähneln dem Krokus. Zu Weihnachten haben sie ausgeblüht und bilden ihren charakteristischen grünen Fruchtstand aus.

Rezepte und Ideen

Dekorationsideen

Die Köchin

Christina Lorenzen hat 2003 ihre Ausbildung in dem Kopenhagener Restaurant „Tyven, kokken, hans kone og hennes elsker“ abgeschlossen – mit einer Bronzemedaille. Seitdem arbeitet sie als Köchin und Küchenchefin im Restaurant „Spisebilletten“ des Café-Theaters. Im Sommer ist sie Küchenchefin im Sommerlager des dänischen Roten Kreuz – wo wählerische Kinder plötzlich Fisch, Krustentiere und Gemüse essen. Sie hat sich mit vielen Rezepten und Mengen von guten Tipps an diesem Buch beteiligt.

„In meiner Lehrzeit habe ich mit vielen tüchtigen und spannenden Küchenchefs zusammengearbeitet. Sie haben mir alles über Techniken, Rezepte, Würzideen und Geschmacksrichtungen beigebracht. Von ihnen habe ich die Freude an erstklassigen natürlichen Zutaten und die Kompromisslosigkeit in Bezug auf Qualität. Daraus ein leckeres Gericht zu machen, egal ob einfach oder kompliziert, ist für mich das größte Vergnügen.“

Die Schriftstellerin

Iselin C. Hermann hat 4 Romane für Erwachsene und 4 Jugendbücher veröffentlicht. Sie wurde bisher in 17 Sprachen übersetzt und hat zu einer langen Reihe von Anthologien, sowohl in Dänemark als auch im Ausland, beigetragen. Ihr neuester Roman ist 2004 erschienen. Von ihr stammt der Text „Das Wunder“ für den 23. Dezember.

Die Pastorin

Christine Stricker Hestbech ist Pastorin in Kongstedt im Süden von Seeland. Sie schrieb den Text „Der Adventskranz“ für den 3. Dezember.

Adressen und Bezugsquellen

Cathy Galecki
(00 45) 30 92 78 91
Grafik und Malerei
Kapitel 19. Dezember

Fil de fer Botanique
Store Kongensgade 116
1264 Kopenhagen K
www.fildefer.dk
Blumenschmuck
im Kapitel 1. Dezember

Kirche Helligaandskirken
www.helligaandskirken.dk
Kapitel 24. Dezember

Mi Casa
Ordrupvej 98C
2920 Charlottenlund
www.micasa.dk
Textilien
im Kapitel 1.Dezember

Refugium auf Frederikshøj
(00 45) 56 32 51 55
www.paradehuset.dk
Kapitel Weihnachten

Rie Elise Larsen
rie.elise@larsen.dk
Weihnachtsschmuck

Sirius
www.sirius.as
Lichterketten

Sisterbrandt Design
(00 45) 33 13 22 60
www.sisterbrandt.dk

Foto vom Rentier auf Seite 80
Getty Images

Danksagung

Das Schönste an der Arbeit zu diesem Buch war die Begegnung mit so vielen enthusiastischen Menschen, die alle mit ihren besonderen Begabungen, ihrem guten Willen und ihrem aufmunternden Lächeln zu diesem Buch beigetragen haben.

Ein Dankeschön an die Grafikerinnen Sabine und Inge von der Firma Sisterbrandt für ihre Bereitschaft, spielerisch und voller Neugier an neue grafische Lösungen heranzugehen. An die Küchenchefin Christina für kurzweilige Kochtage und schöne Rezepte. An die Schriftstellerin Birgit Kaarvig für gute und kreative Hilfestellung beim Verfassen des Textes. An die Lektorin Lea Carlsen für ihren souveränen und unerlässlichen Überblick und viele gute Ideen und an den Verlagsleiter Lars Erik Strandberg für die Unterstützung dieses Projekts. An Christine Stricker Hestbech und Iselin C. Hermann für die schönen Worte und Gedanken.

Und nicht zuletzt an die Familien, die uns einluden, bei ihren Weihnachtsvorbereitungen dabei zu sein und uns erlaubten, ihre ganz persönlichen Weihnachtstraditionen und Inspirationen an die Leser weiter zu geben.

Für Alba, Hector, Stig, Joel, Sandra und Søren

Titel der dänischen Originalausgabe,
erschienen 2004:
DECEMBERDAGE

Text: Dorrit Elmquist
Fotos: Birgitta Wolfgang Drejer

Deutsche Ausgabe:

Übersetzung: Frauke Watson, F-Callian
Satz: Punkt für Punkt GmbH – Mediendesign, Düsseldorf
gedruckt und gebunden von Narayana Press

ISBN 3-512-03284-2